O médico alemão

Lucía Puenzo

O MÉDICO ALEMÃO

Tradução de
Gilson B. Soares

GRYPHUS

Editoração eletrônica
Rejane Megale Figueiredo

Revisão
Vera Villar

Capa
Axel Sande – Gabinete de Artes (axel@gabinetedeartes.com.br)

Adequado ao novo acordo ortográfico da língua portuguesa

CIP-BRASIL. CATALOGAÇÃO-NA-FONTE
SINDICATO NACIONAL DOS EDITORES DE LIVROS, RJ

P975m

Puenzo, Lucía, 1976-
O médico alemão / Lucía Puenzo ; tradução Gilson B. Soares. - 1. ed. - Rio de Janeiro : Gryphus, 2014.
174 p. : il. ; 21 cm.

Tradução de: Wakolda
ISBN 978-85-8311-013-2

1. Ficção argentina. I. Soares, Gilson B. II. Título.

14-10620 CDD: 868.99323
CDU: 821.134.2(82)-3

GRYPHUS EDITORA
Rua Major Rubens Vaz, 456 — Gávea — 22470-070
Rio de Janeiro — RJ — Tel.: (0XX21) 2533-2508
www.gryphus.com.br — e-mail: gryphus@gryphus.com.br

PARTE UM

HERLITZKA

1

Esse era o dia em que uma mistura de cloreto de sódio e nitrato de magnésio injetada com infinita paciência em cada globo ocular, mudaria para sempre o rumo da ciência. As esterilizações massivas, as vivissecções, as tentativas frustradas para alterar a cor da pele com injeções subcutâneas e até a noite em que acreditou ter enlaçado por fim as veias de uns irmãos gêmeos para criar siameses, horas antes de encontrá-los arquejando como peixes... todos os seus fracassos seriam esquecidos se conseguisse mudar a cor dos olhos desse garoto. Mil vezes havia imaginado que mantinha o único gêmeo romeno, ao qual a tinta lhe havia tingido a íris esquerda (depois que uma dose excessiva lhe queimara a direita), de pé na tarimba de cada congresso médico de Higiene Racial de que havia participado na última década, com os nervos ópticos paralisados pelo excesso de produtos químicos, nos braços de quem o havia picado mil e uma vezes até arrancá-lo da mediocridade. Havia sonhado com a cabeça raspada, para que a pelagem negra de suas origens fosse eclipsada por um futuro ariano. Mas, antes de entender que não passava de um sonho, as imagens dessa primeira vida em que tudo era possível ficaram ensombrecidas pela certeza de que sua vitória era a ponta do *iceberg* de todas as transformações que viriam (até modelar geneticamente os cidadãos de uma nação inteira), embora até agora não houvesse mais que peles laceradas, gangrenas e amputações. Não foi em vão que haviam investido milhões nele. Pela pureza do sangue e dos genes. Porque essa era a verdadeira guerra: pureza ou mistura.

Sentou-se na cama com a excitação de um menino que se prepara para mais um dia em um parque de diversões. Foi então que o contorno dos poucos adornos do quarto devolveu-o a seu raquítico presente. Sua pele cada vez mais flácida e a queda da tonicidade de seus músculos eram as de um homem velho. Sua existência inteira havia-se tingido de cinza, dias e noites de uma rotina idêntica que repetia infinitamente, com a secreta esperança de que algo ocorresse. Alguém ia comunicar-lhe que por fim tinham desistido de encontrá-lo. Havia dedicado a vida a libertar o mundo dos ratos e agora – fugidio e covarde, desterrado para as margens – começava a transformar-se em um.

A vida não pode reduzir-se a isto, pensou.

Quando recebeu o alerta de que estavam no seu encalço, não teve dúvidas: congelou as amostras de bacteriologia em organismos terminais sobre as quais havia trabalhado nos últimos meses, saiu do laboratório, passou no banco para zerar sua conta e apressou-se em sair da cidade. Dinheiro nunca lhe faltaria: à inesgotável fortuna familiar somavam-se os aportes financeiros de seu eterno mentor, o professor Von Verschuer, diretor do Instituto de Antropologia em Berlim. Ele sempre se encarregara de conseguir as subvenções necessárias para seu trabalho, em troca de ser o primeiro a receber os resultados de seus experimentos. Não era o único a atender anonimamente o seu bem-estar. Havia muitos que continuavam acreditando nele: apoiavam-no à distância, escreviam-lhe cartas nas quais o tratavam como um messias.

Comprou num posto de gasolina provisões e um mapa da Argentina antes de ligar para sua mulher. Não lhe disse para onde ia. Só explicou-lhe que passaria algum tempo longe, pediu-lhe que ficasse por duas semanas na casa de um casal amigo e desligou sem lhe dar tempo de recusar. Dirigiu por dez horas até parar num motel de estrada nas cercanias de Chacharramendi. Na realidade nesse povoado não havia nem cercanias nem núcleo: terminava na mesma quadra em que começava. Permaneceu no quarto até escurecer. Embora seu espanhol fosse fluente, pegou o dicionário e o caderno em que fazia diariamente as lições de seu curso por correspondência. Como todo sobrevivente, sabia que tinha de apagar certas pegadas o quanto antes. Sua mente, antes que a de um cientista, era a de um soldado: havia sido seu primeiro treinamento, a formação que o amoldou aos golpes com disciplina militar. Não deixava passar um dia sem fazer os exercícios escritos e orais.

– Sou farmacêutico – repetiu três vezes, esforçando-se para melhorar a pronúncia. – Minha atividade preferida é ... ou ... ouvir ópera com meu filho.

Mentia, acostumado a ter cautela até quando estava sozinho. Nem sequer recordava as feições de seu primogênito. Na única foto que conservava, seu filho apenas balbuciava umas poucas palavras, e não tinha noção da carnificina à qual seu pai havia dedicado a existência.

O grito de uma menina sobressaltou-o a ponto de responder em voz alta à próxima pergunta. Abriu uma cortina amarelecida e viu um grupinho de meninas que brincava no pátio de estacionamento. Duas delas faziam girar em círculos uma corda, cada vez mais rápido, enquanto contavam a toda velocidade algo que parecia um mantra, pela devoção hipnótica com que repetiam um estribilho monocórdio. Eram morenas, filhas da mestiçagem, todas menos uma... Teria sido um espécime perfeito (loura, branca e de olhos claros) a não ser por sua altura. Visivelmente pequena em tamanho para sua idade, mas com membros de medidas normais para ser chamada de anã e demasiado grandes para ser incluída nos parâmetros liliputianos, a menina que dava saltos cada vez mais velozes diante de seus olhos era um exemplo que desafiava um de seus campos de investigação prediletos: o nanismo, entendido como expressão exemplar do anormal. Havia conseguido absorver alguns genes arianos, mas não o suficiente para perder seus traços animais. Era como as cobaias de laboratório que mais o fascinavam: perfeita, a não ser por um defeito impossível de tolerar.

Quando sua adversária deu-se por vencida, ela pediu mais aos gritos. Para sua surpresa, a voz não combinava com sua deformidade: era uma oitava mais grave do que teria esperado. Não parecia temer que a corda lhe golpeasse a cabeça ou os pés.

Não parecia ter medo de nada.

Nessa noite viu-a sentada na calçada com três das morenas, jogando as Cinco Marias. Na realidade era ela quem fazia voar pelo ar as diminutas bolsinhas de pano cheias de grãos de arroz, para apanhá-las com a mesma mão na qual tinha sempre uma bolsinha a mais. Assoviando a última ária de "Adeus à vida", da *Tosca*, deteve-se a observá-la: sua coordenação motora e reflexos eram excelentes, mais elevados que a média. Cada um de seus movimentos era o cume da vitalidade. Tudo era evidente: que as morenas eram locais e a loura forasteira, um boneco de circo profissional que as tinha cativado com algum jogo desconhecido.

– Jantar, Lilith!

– Não estou com fome!

– Não perguntei se está com fome! Eu lhe disse para vir jantar!

Quem gritava, parado à porta do motel, era um adolescente de uns treze anos, igualmente louro, forte e encantadoramente arrogante. Não havia dúvida de que eram irmãos, ainda que as medidas do pequeno Adônis sul-americano fossem perfeitas. Nesse momento teria dado tudo para conhecer os pais e os avós para esmiuçar a árvore genealógica até entender em que curvas do caminho estava o culpado pela degradação da raça.

– Tudo em ordem, senhor?

Girou e viu que o dono do motel o observava, enquanto fumava um charuto na galeria. Excetuando os louros, o resto do povoado parecia mover-se em câmera lenta, entorpecido pela planura do deserto. Nessa tarde havia contado nos dedos da mão os habitantes que puseram suas cadeiras na calçada para beber chimarrão antes que a escuridão os pusesse de volta em suas tocas.

– Se quiser jantar, há uma pensão aqui perto.

– Onde?

– Duas quadras à direita... Não há como errar.

– Será que está aberta?

– Sempre está.

Pelo canto do olho viu que a menina avançava até ele, bamboleando os quadris enquanto jogava para o ar uma bolsinha de arroz para apanhá-la em plena queda com um golpe de mão. Movia-se com a graça de uma bailarina, inconsciente de suas limitações. E algum encantamento produzia sua desfaçatez: um corpo imperfeito nunca lhe parecera tão irresistível. Ela passou a menos de um metro de distância sem deter-se, mas no ponto mais próximo girou de repente a cabeça, fitou-o nos olhos e mostrou-lhe a língua.

Essa boca, pensou.

Era o traço mais desproporcionado de todos: lábios que pertenciam a alguém com o dobro do tamanho, dentes de coelho, tudo úmido e morno. Era a primeira vez em anos que algo tão distante do ascetismo o excitava. Um saquinho de arroz em pleno voo cruzou a linha de seus olhares, separando-os. Dispunha-se a segui-los quando uma nova pergunta obrigou-o a parar.

– Segue viagem amanhã?

Assentiu sem tirar os olhos dos dois corpos louros que já dobravam uma esquina mal iluminada, como espelhos grotescos dos possíveis resultados de um mesmo ventre.

– Espere mais um dia. Ouça o que eu digo. Vem chuva aí.

– Chuva...? Aqui?

– Pergunte no povoado, se não crê em mim.

Não o fez, nem falou com ninguém nessa noite.

Quinze minutos depois, alimentava-se sem levantar os olhos de um prato de lentilhas insípidas em uma mesa de canto da pensão. Para sua desilusão, os louros não estavam à vista. Os espécimes que cacarejavam ao seu redor eram o mais distante de sua raça que tinha visto em meses, e olhe que a mestiçagem na capital portenha começava a alcançar índices dos quais não haveria volta. Não importava quanta limpeza genética fizessem. Ele mesmo o disse ao General numa das tantas festas às quais foi convidado:

– Quer fazer algo por seu país? Proíba a mistura.

Todos riram, muitas vezes tomavam suas propostas como gozação. Mas nada o desanimava, fazia um esforço para compreender que eram poucos os que possuíam a coragem necessária. *Bendita seja a fé dos homens que se atrevem a renovar a face do mundo seguindo o ideal que perseguem*, pensou, mas não se atreveu a citar Drieu la Rochelle na presença do General, que já levantava sua taça para dar boas-vindas aos recém-chegados, enquanto ele murmurava, com seus dentes afogados em champanhe: *Com o orgulho das raças maduras, nossa poderosa obediência aceitou a dor de trazer em nosso sangue esta invasão da grandeza do mundo*. Fazia anos que garatujava suas citações favoritas nas margens de seus cadernos. Nessa noite as caras que o rodeavam confirmaram-lhe que eram muitas as regiões do mundo nas quais estavam perdendo a batalha. Não viam o dano que a mestiçagem causava ao seu continente. Que às vezes é demasiado tarde para evitar os danos na herança, nos genes, na genealogia. Que nas escolas se fala de classe, nunca de raça... e que são coisas distintas.

Antes das oito estava enfiado na cama.

A possibilidade de não voltar a ver os louros manteve-o desperto até que manuseou um dos seus cadernos para desenhar as medidas de seus corpos. Recordava-os de memória, sem a menor sombra de dúvida. Podia imaginar suas estruturas ósseas, o volume de seus órgãos, seus maxilares e a composição do seu fluxo sanguíneo. Mas nunca ia poder deitar os dois em macas metálicas para compará-los. Para um homem acostumado a ter o que queria, a possibilidade de não voltar a vê-los resultou intolerável. Fazia quase uma década que vivia neste longínquo rincão do mundo, às vezes até se surpreendia pensando em espanhol. Chegou de Gênova com o emprego e uma maletinha onde levava seu tesouro mais precioso: três cadernos abarrotados de anotações sobre seus últimos anos de estudo com experimentos humanos e alguns porta-objetos de cristal com amostras de sangue. Um funcionário aduaneiro perguntou-lhe o que eram.

– Anotações biológicas – respondeu em alemão.

– De quê?

– Experimentos com animais.

Ficou detido enquanto esperavam o médico veterinário do porto, a quem contou com riqueza de detalhes as suas experiências com vacas às quais fazia parir, à vontade, bezerros gêmeos. Evitou dizer que no Instituto de Investigações Dahlen queriam que as mulheres dessem à luz gêmeos de maneira sistemática, para que a expansão da raça dobrasse com rapidez. Nem que, num surto de otimismo, chegou a jurar que as gestações ficariam reduzidas a 135 dias. Sua veemência convenceu o veterinário sobre as vantagens que ofereciam dois animais idênticos como campo de observação privilegiado para reproduzir determinadas virtudes ou defeitos corporais. Depois de anos de estudar comparativamente os bezerros gêmeos, usando um deles como controle, havia descoberto quais atributos são herdados geneticamente e quais eram propiciados pelo entorno. A Argentina era o país ideal para aprofundar seus estudos, e talvez chegasse a encontrar a chave para que as gestações fossem múltiplas, acelerando a proliferação da raça bovina. Espantado por aquela fartura de informação, o veterinário – que a duras penas falava o alemão – autorizou-o a passar sem tomar-lhe as amostras. O caos que imperava no porto era demasiado grande para se preocupar com um médico que entrava no país com um passaporte da Cruz Vermelha.

– Então vai-se divertir muito por aqui – disse, antes de assinar-lhe o documento, um fiscal aduaneiro de família alemã que havia escutado tudo. – Quero dizer, com as vacas.

– Há muitas?

– Milhões.

– Tantas assim?

– É verdade que pode fazer com que nasçam de dois em dois?

– Tudo é possível.

– Nesse caso, poderíamos alimentar o mundo inteiro.

Sorriu e seguiu a passos largos, abrindo caminho por entre uma multidão de recém-chegados. Instalado em um hotel de Palermo, deixou de falar de sua vida com a mesma discreta elegância que usaram tantos colegas ao esquecer de mencioná-lo durante o julgamento... Para que dariam o seu nome, afinal, se o acreditavam morto? Ele se ocupara em evaporar-se de maneira implacável, não havia cedido jamais à tentação de baixar a guarda, a ponto de evitar durante mais de uma década qualquer contato com seu filho. Na única vez em que o viu antes de exilar-se do outro lado do oceano, ordenou ao parente que organizou a visita que dissesse ao menino que era o tio Fritz e não seu pai quem ia caminhar com ele desde a escola. Já na Argentina, não voltou a escrever-lhe nem mandar-lhe um telegrama. Sabia que a sobrevivência dependia de sua disciplina. Em poucos meses estava instalado no quarto alugado de uma casa em Olivos, divorciando-se por correspondência da mãe de seu filho, que se recusara a acompanhá-lo. Ela foi uma das tantas pessoas de seu círculo íntimo que, ao inteirar-se de suas ações, as chamou de atrocidades.

Livre desse peso, decidiu que não havia motivos para voltar.

Não ia encontrar país que recebesse de braços mais abertos um homem como ele. Em apenas dois anos havia-se associado a umas empresas farmacêuticas, comprou uma casa de dois andares em Vicente López, casou-se com a viúva de seu irmão – para duplicar, com a união, uma herança milionária – e até se deu o prazer de anotar seu nome verdadeiro na lista telefônica. Não precisou entregar seu rosto ao bisturi de nenhum cirurgião plástico nem mudar seu nome, como tantos outros.

Mas a ilusão de uma vida nova durou pouco: em cada reunião tratavam de lhe recordar que os sabujos estavam cada vez mais perto. Centenas de vezes haviam-se perguntado como prosseguir depois da derrota. Os sobreviventes escondiam-se em todos os recantos do mundo, perseguidos como criminosos. Sentia no pescoço a corda com que já haviam enforcado tantos outros, caçados como animais selvagens, sequestrados no meio da noite, julgados e condenados do outro lado do oceano antes de serem massacrados. E o pior é que ninguém levantava a voz para defendê-los... Estavam sozinhos. Jurou a si mesmo que não ia terminar assim.

2

Ao amanhecer – depois das duzentas flexões de braços com que eliminou os últimos vestígios químicos do calmante que o afundou no sono na noite anterior – parou para abastecer num posto de gasolina a metros da estrada do deserto e viu a menina da véspera saltar de um Citroën carregado de bagagem, sem perceber que sua boneca favorita (uma réplica realista de um bebê de seis meses) caía de cabeça no asfalto em meio a sua corrida até um pequeno mercado. Ele se aproximou até tapar com sua sombra o corpo perfeito da boneca: tinha a boca entreaberta, e por trás de uns lábios pintados por mão invejável, conseguiu ver uma diminuta língua rosa. Agachou-se para levantá-la. Pôs uma das mãos atrás da nuca e a outra no calcanhar esquerdo, como havia feito com tantas outras que ainda respiravam. Estudou pela frente e por trás: era uma pele polida até dar-lhe a suavidade de um recém-nascido. Com seu olho clínico descobriu duas imperfeições, traços milimétricos de que havia sido fabricada de maneira artesanal (embora, sem dúvida, tivessem usado como molde uma boneca importada, similar àquelas que tinha visto nos braços de tantas meninas alemãs da classe alta). Um tiquetaquear quase imperceptível fê-lo aproximar a boneca do ouvido esquerdo... Poderia ser um relógio? Sim, confirmou um segundo depois, era um relógio. Batia escondido no interior do corpo de porcelana, fixo, no meio do peito. O efeito era perturbador: a boneca tinha um coração mecânico. Nunca antes havia estudado um corpo de porcelana tão minuciosamente: era uma obra de arte que se aproximava demasiado da vida.

– É minha.

Sorriu antes de erguer a vista. A autoridade na voz infantil sempre vem mesclada – para quem sabe escutar – com filetes de terror. Esta, além disso, possuía rastros mínimos da deformidade do corpo a que pertencia: mesmo sendo mais grave do que teria esperado, era por demais nasal, aguda e quebradiça. Parada diante dele com as mãos na cintura, Lilith o enfrentava com seu metro e trinta de altura. Mesmo de cócoras, teve a gentileza de curvar as costas alguns centímetros para não olhá-la de cima. Estava acostumado a pesar e medir um corpo com um olhar: devia ter oito anos, 35 quilos, boa alimentação, dentadura perfeita, roupa velha, mas limpa, pele, unhas e cabelo sem sinais de nenhuma falta de vitaminas.

– De onde é?

– Minha bebê?

– Onde a compraram?

– Não compramos. Foi papai que fez.

– Seu papai faz bonecas?

– Às vezes.

– Como se chama?

O desconhecido inspirou em Lilith uma confiança instantânea. Não era a primeira deslumbrada pela doçura de sua voz. Sorriu ao ver a fascinação com que observava sua boneca.

– Herlitzka.

– Her...?

– ..litzka.

– Russo.

– É mulher.

– O nome, quero dizer.... é russo?

– Não, ela é argentina. Como eu.

– Hã-hã – disse, com sotaque alemão.

– Me devolve ela?

– Mas é claro. É toda sua.

Com extrema delicadeza, como se fosse um recém-nascido, o alemão apoiou a boneca nos braços da menina.

– Tem um relógio dentro.

– Um coração.

– E quando deixa de bater?

– Falta muito para isso.

José assentiu, contendo-se para não se aprofundar no tema.

– É sua filha?

Lilith duvidou um instante antes de assentir, como se estivesse decidindo ali mesmo.

– Você... tem?

– Filhos?

– Do que estamos falando?

Começava a tratá-lo como um idiota, encantada em explicar-lhe como era a vida. Havia esquecido a ordem de sua mãe: que não se afastasse do seu irmão.

– Não deveria estar falando com você.

– Por que não?

– Fui proibida – disse e sorriu com a doçura anacarada de uma ninfa. – De falar com estranhos.

– Então deveríamos nos despedir.

A menina assentiu, mas não se moveu um milímetro sequer. Pelo contrário, estudou-o sem pressa, com um sorriso cúmplice.

– Mamãe disse que basta que algo me esteja proibido para que eu o faça.

– E é verdade?

– Quase.

– Que parte não é verdade?

– Tem coisas que eu faria igual, apesar de não estarem proibidas.

– Falaria comigo mesmo que não esteja proibido?

– Creio que sim.

– Mas não tem certeza...

– Sim, tenho certeza.

Não sentia medo das pausas nem dos silêncios. Nem sequer desviou a vista quando o desconhecido lhe sorriu, olhando-a dos pés à cabeça. Como se na origem estivesse a chave de tudo, repetiu:

– Como ganhou esse nome?

– Era o preferido de minha avó. Queriam me chamar de Herlitzka, mas meu pai não quis.

– E então pôs Lilly...

– É Lilith, com tê e agá – disse sua pequena ninfa, encantada em contradizê-lo. – Quer dizer monstro da noite.

Quer dizer muito mais do isso, pensou o alemão.

Demônio da escuridão, diabinha libidinosa habitada pela rebeldia, pela tentação, transgressão e desejo... Mas não havia tempo para explicar-lhe o poder de seu nome. Seu encontro ia ser interrompido a qualquer instante. E por ser tão efêmero o tornava ainda mais encantador. Compreendia agora por que a deformação de Lilith era tão perturbadora: era quase imperceptível, mas marcava o corpo de maneira inevitável. Os braços e pernas eram apenas alguns centímetros maiores que o normal. A cabeça devia ter uns dois centímetros a mais de raio. Os olhos, boca e orelhas sofriam do mesmo delicioso fenômeno. O resultado era sinistro: transformava-a em um personagem mitológico, mistura de ninfa e duende. O alemão cortou o impulso de pôr-lhe as mãos em cima para apalpar a forma de seu crânio.

– E também já estou grande para andar com bonecas.

– Grande?

– Quantos anos acha que tenho?

– Nove – mentiu, dando-lhe mais um.

– Tenho doze.

– Isso tudo?

– Não me incomoda. Já me acostumei.

– Com quê?

– Ser mais velha do que as pessoas acham.

Capturada pelo seu olhar, Lilith estendeu a mão até seus dentes, como se quisesse tocá-los. Com um gesto de atrevimento indecoroso, atravessou o umbral de seus lábios e apoiou a ponta do dedo indicador na fenda de meio milímetro de largura que o desconhecido tinha entre os dentes frontais.

– Você tem um furo entre os dentes.

– Eu sei.

– Vê? Nem você é perfeito.

Muitos dizem que esse notório espaço interdental nos dentes superiores frontais era a única imperfeição que se permitia, sua marca pessoal. Mas nunca ninguém se atrevera a mencioná-la, muito menos tocá-la. Nenhuma das mulheres que se aproximaram de sua boca, por vontade própria ou à força, havia tocado essa fenda com a sua língua. Lilith sorriu com um brilho demente no olhar (até a cor da íris era única, mistura de cinza e amarelo), e de imediato ele viu algo velho ali dentro, fazendo-o pensar que tinha mais de doze anos. Parecia consciente de estar metendo o dedo na boca do lobo. Esfregou a gema úmida do dedo indicador contra o polegar, espargindo a saliva do desconhecido sobre sua mão, sem a menor preocupação. A ação, longe de irritá-lo, excitou-o de maneira inesperada, com mais virulência que nos últimos encontros sexuais que tivera com duas funcionárias da empresa farmacêutica em que trabalhava.

– Pode assoviar por aí?

– Assoviar?

Gostou do som da palavra, mas não entendeu o sentido até que Lilith apertou os lábios e assoviou. Apesar dos anos que havia passado na Argentina, seu vocabulário ainda era escasso e tinha buracos insuspeitados. Tal como este, um de seus passatempos preferidos (assoviar) do qual não sabia a tradução em castelhano.

– Ah... *Pfeifen* – disse e assoviou.

Obedecendo ao chamado, um vento úmido envolveu-os de imediato, agitando a barra do vestido floreado de Lilith com as primeiras dobras disformes. O homem, pelo contrário, não tinha nada que pudesse ser sacudido. Tudo nele estava colado em seu corpo, engomado e asseado. Ou assim acreditava, até ver o desembaraço com que Lilith apoiou uma das mãos sobre as pernas para impedir que o vestido esvoaçasse e com a outra afastou um mecha que lhe cobria um olho, enquanto sua respiração musicalizada escorria por um buraquinho estreito entre dois dentes de leite. Não era a primeira vez que um espécime monstruoso o excitava desta forma. Sem pensar, uniu-se ao seu assovio com uma segunda melodia que se entrelaçou com a de Lilith até asfixiá-la por completo.

Há música nos lugares mais inesperados, pensou.

(E até seu cinismo era a essa altura um balbucio.)

– Vamos embora, Lilith!

O grito de seu irmão interrompeu tudo, passado, presente e futuro. Se tivesse uma arma, o teria fuzilado ali mesmo.

– Lilith!

Continuou assoviando até que o garoto avançou sobre a irmã para agarrá-la pelo braço. Mas tinha as mãos repletas de sacolas de provisões, não tinha braços para fazer cumprir suas ordens. No auge do encanto, Lilith juntou-se ao último floreio de seu assovio, enredando na última uma nota sustenida como um beija--flor faminto. Dedicou-lhe uma reverência apoiando a ponta do pé esquerdo contra o asfalto, por detrás do direito, ao mesmo tempo em que inclinava a cabeça e a boneca em direção a ele, resistindo a ser arrastada até o carro.

– Está surda? – zangou-se o irmão. – Andando, vamos!

Surda, não, pensou, *mas não tem ouvidos para você.*

Como se pudesse ouvir o estranho que a mantinha hipnotizada, Lilith soltou um risinho que selou sua cumplicidade.

– É o Tomás, meu carcereiro – disse, apontando para o irmão.

– Andando!

– Foi um prazer conhecê-la, Lilith. Eu sou José. – Então pôs--se de pé, após deter-se à altura de seu ouvido esquerdo para sussurrar-lhe: – E posso assoviar muito melhor... Algum dia lhe mostro.

Lilith abraçou Herlitzka contra seu corpo e deu de ombros, mordendo o lábio para não sorrir. As palavras sussurradas do estranho acariciaram-lhe o ouvido e penetraram lá dentro, baixando por sua garganta até se fundirem entre as pernas. Seu irmão foi empurrando-a até o carro.

– Andando!

– Vão para o sul? – perguntou, sem a menor pressa em deixá--los ir.

– Bariloche.

– Podemos seguir em caravana? Dizem que a estrada do deserto é....

– A estrada da morte – interrompeu o garoto, sorridente, como se fosse uma aventura e não um perigo. – São 300 quilômetros de nada. Pergunte a meu pai.

Pôs duas sacolas nos braços de sua irmã e agarrou-a pela mão para arrastá-la até o carro. Foi então que José viu o pai, a quem havia confundido com o empregado do posto de gasolina. Era um *homo syriacus* de crânio redondo, braquicéfalo de nariz judaico, corpo curto e rechonchudo. Tinha alguns quilos de sobrepeso, estatura normal, uma auréola calva no centro da cabeça e a camisa grudada ao corpo pelo suor. No assento do acompanhante, abanando-se e grávida de quatro meses, a mãe esperava. Era tão comum quanto o marido, mas era claramente um *homo arabicus* dolicocéfalo, de crânio alargado. O espanto de José chegou ao auge quanto descobriu, brincando com um mastim inglês no banco traseiro, um menininho de uns cinco anos tão perfeito quanto seu irmão mais velho. Os dois pareciam ter escapado aos mandatos da genealogia: eram *homo europaeus* altos e delgados, de pele mais branca e olhos mais claros que os de seus pais. Não era a primeira vez que observava o mesmo fenômeno: a genética dos indivíduos medíocres podia combinar-se para trazer ao mundo espécimes perfeitos. A combinação irritava-o, desafiava suas teorias de limpeza. Durante mais de uma década havia tentado demonstrar a classificação completa e confiável da genética humana, assim como a dimensão do dano criado por genéticas desfavoráveis.

– Papai, este senhor quer ir com a gente.

– No meu carro – apressou-se a explicar José, apontando para um Chevrolet estacionado a poucos metros de distância. – Em caravana, se não for incômodo...

O pai observou a elegância do desconhecido, enquanto secava as palmas das mãos na calça. Havia anos que percorria a mesma estrada e nunca tinha visto tanta elegância no meio de tanta poeira. Claro que havia cruzado com gente estranha, pobres que tentavam camuflar a miséria e ricos que fingiam não ser ninguém. Esses raramente andavam sozinhos.

– Todos os estrangeiros têm medo desta estrada. Da mesma maneira, as pessoas param. Se veem um carro freado, param. E agora que a estão asfaltando vai ser melhor ainda, você vai ver a diferença com o trecho que ainda é de terra.

– Há muito trecho sem asfalto?

– Mais da metade.

– Tanto assim?

– O progresso chega... mas vem devagar. O importante é não viajar à noite. Se sairmos agora, chegamos ao entardecer. Prefere seguir na frente ou atrás?

– Atrás, por favor.

– Cuidando da retaguarda – disse o garoto, que era pura simpatia.

José não parou de sorrir durante toda a conversa.

Fingia estar tranquilo, mas teria suplicado se necessário. Simplesmente se reconhecia: só descobrira que era um covarde depois que deixou de dar ordens. Apertaram-se as mãos, fitando-se nos olhos, sem perceberem que na carne que recobria os ossos de seus dedos estava tudo: a firmeza carniceira de um fugitivo e a gelatinosa confiança de um pai de família incapaz de matar até mesmo as baratas que às vezes surpreendia nos cantos de sua casa.

– Deveríamos ir seguindo.

A voz de Eva soou forte e clara do interior do carro. José agachou-se alguns centímetros para estender-lhe a mão. Viu então a determinação nos olhos da mulher, que ainda era muito jovem.

– Encantado... Tem filhos muito bonitos.

Eva sorriu-lhe em silêncio, como se não tivesse tempo para demonstrações de cortesia. Desviou seu olhar para o céu, que rapidamente se enchia de nuvens carregadas.

– Deveríamos ir seguindo... Comprou provisões?

José fitou-a, desconcertado: Eva dissera a última frase em alemão perfeito, sem quaisquer traços de sotaque estrangeiro. Por um instante achou que era sua imaginação.

– Tomei café da manhã faz uma hora – disse.

– Não importa. Eu o aconselho a fazê-lo.

Não era imaginação. Falavam o mesmo idioma. A crispação de Eva não se devia ao clima, mas sim às voltas do destino que a devolviam à mesma casa em que havia crescido.

– Como é que fala...?

– Estive numa escola alemã – ela o atalhou.

– Em Buenos Aires?

– Bariloche.

Como uma piada infame, a vida cruzava-a com o mundo de sua infância, pois a Primo Capraro havia sido muito mais que uma escola.

3

Quando o aconselharam a deixar Buenos Aires de imediato, também garantiram que o sul era o mais parecido com a Suíça alemã que podia encontrar. Falavam de árvores, lagos e montes nevados. *Vocês não foram os únicos que fizeram um bom trabalho de limpeza*, disseram. Contaram-lhe histórias sobre os ataques de índios que haviam dominado as mesmas terras áridas que ele agora atravessava a passo de formiga, com a vista cravada nas três cabecinhas louras que o examinavam de esguelha por cima do assento. A única coisa que se estendia à sua frente era uma linha reta sem a menor bifurcação, tendo de cada lado do asfalto um deserto de terra árida. Sentiu a angústia subindo-lhe pelas pernas como aranhas: poderia enlouquecer num lugar assim, sozinho, sem nada para fazer durante horas, dias e meses. Não imaginava que voltasse a ver água em meio a tanta planura. Agora entendia por que tantos se recusavam a cruzar a Argentina a não ser de trem ou de barco; não havia acreditado na veracidade da advertência quando lhe disseram que metade do país era um deserto.

– Pode olhar que não vai ver nada – disseram.

E ele imaginou as aldeias da Europa, ideais para se conhecer uma a uma, caso seu exílio começasse a ser salpicado de fugas. Aqui o nada era *nada*. Três ranchos sem sombra em mais de vinte quilômetros. Não havia uma árvore à vista, apenas arbustos ressequidos que o vento arrancava a cada vez que soprava mais forte. Não contou mais que uma vaca e uma cabra raquíticas, das quais a duras penas se podia extrair meio galão de leite. Viu um menino parado na margem da estrada, descalço, vendo-os passar sem nenhuma expressão. Uma mulher estendendo roupa que se podia notar suja, mesmo de longe. Moveu o pescoço em círculos para evitar uma câibra. Começava a sentir um peso insuportável nas pálpebras. Mais de uma vez flagrou-se falando sozinho, aturdido pelo zumbido do vento golpeando as janelas com tanta força que as rajadas traziam consigo pedaços de arbustos. Uma hora depois da partida começaram a cair as primeiras gotas. O céu escureceu em minutos, produzindo trovões e relâmpagos no interior das nuvens cada vez mais negras.

Às duas da tarde já era noite.

O carro reduziu a velocidade e continuou avançando devagar e só parou quando as gotas, que explodiam contra o parabrisa como projéteis, se transformaram em granizo. Um dos pedaços se despedaçou contra a borda superior esquerda do para-brisa, desenhando uma rachadura que logo se estendia sobre todo o vidro. José firmou as duas mãos no volante para que o carro não girasse como um pião sobre a margem da estrada, que a esta altura já era um lamaçal. *As piores catástrofes sempre começam assim*, pensou, *sem que ninguém as veja surgir*.

Parou a metros do Citroën.

Com o dedo indicador, voltou a colocar uma mecha de cabelo em seu lugar. Tentou ver o que se passava no interior do outro carro: Enzo tinha as mãos aferradas ao volante, tal como ele, Eva gesticulava aos gritos. Ela o intrigava: seu alemão, sua gravidez, seus filhos perfeitos... E acima de tudo a encantadora anormalidade da única menina. Causava-lhe uma curiosidade irresistível saber se esse quarto filho inclinaria a balança para a perfeição ou a anormalidade. Anos antes teria ordenado que a deitassem de imediato sobre uma maca para abrir-lhe o ventre ali mesmo. Não poder dispor dos corpos que o rodeavam o irritava mais do que o granizo que nesse mesmo instante sacudia o carro. Quando o Citroën voltou a pôr-se em marcha, imitou cada um de seus movimentos: ligou os faróis altos e fez uma curva em U para retomar o caminho na mesma direção em que vinham. Sem baixar um milímetro o vidro da janela, Enzo fez-lhe um sinal, indicando que o seguisse. Eva levava nos braços o filho menor e tinha os olhos fixos à frente. O mastim inglês latia desesperado na outra janela, golpeando o focinho contra o vidro para resistir às investidas do granizo. Não tinha dúvidas sobre o que aconteceria, se um desses projéteis do céu atingissem alguém na cabeça. No assento traseiro conseguiu ver Lilith abraçada a Herlitzka, sussurrando ao ouvido da boneca. Já não sorria; a aventura cedera lugar ao medo.

Levaram meia hora para percorrer um quilômetro, até que uma carcaça de automóvel, queimada e sustentada por estacas a metros do solo, indicou-lhes o lugar exato para sair da estrada e percorrer cem metros terra adentro. Os dois carros avançaram mais próximos do que nunca, o para-choque do Chevrolet quase tocando a traseira do Citroën. Ao redor, a cortina de água devorava tudo, motivo pelo qual só viram o rancho quando estavam a ponto de bater nele. Teriam-no derrubado não fosse pelos latidos de cinco cães famélicos que rodearam os carros, saltando contra as portas e forçando-os a reduzir ainda mais a marcha. Tinham as costelas marcadas e as feridas sangrantes causadas pelo granizo.

– O que vamos fazer aqui?

Ninguém respondeu ao sussurro de Lilith.

– Não gosto deste lugar.

Mal visível, uma cobertura de folhas de zinco sacudia-se sob o temporal, repleta de ferramentas velhas, pedaços de ferro e uma caminhonete oxidada e sem calotas. A cada rajada de vento, duas cordas com mudas de roupa golpeavam as paredes como chicotes. O resultado era um concerto ensurdecedor de ruídos, pancadas, latidos e trovões, cada qual mais violento que o outro. Só havia lugar para os dois carros. José não teve outro remédio senão estacionar apenas metade do carro sob a cobertura. Ninguém se animou a saltar; durante minutos mantiveram-se quietos, com o motor ligado e as luzes acesas. De onde se encontrava, José podia ver Lilith tapando os ouvidos para resistir à luta furiosa em que estavam empenhados o mastim e dois dos cachorros, separados por uma janela fechada que só aumentava a sua raiva, manchando o vidro de sangue com cada patada.

Um tiro deteve-os.

Todos saltaram em seus assentos, embora ninguém tivesse recebido o impacto. O mastim escondeu-se debaixo do assento e os cinco cachorros correram em direções opostas. No interior do Chevrolet, José abriu a maleta que descansava no piso, ao alcance da mão, e tirou um estojo de couro dentre seus livros e papéis. Com a calma de um soldado, assegurou-se de que a pistola Colt estivesse carregada, antes de levantar a vista.

Foi aí que viu chegar, saídos do coração da tormenta, um homem e dois meninos, as cabeças e corpos cobertos com pedaços de zinco, uma armadura improvisada que os transformava numa mistura de cavaleiros medievais e mendigos. Os garotos traziam dois baldes de alumínio repletos de água, o homem trazia um rifle. Ele foi o único a aproximar-se da cobertura. Seus cães – que de tão selvagens pareciam hienas – rodearam-no em silêncio, movendo as caudas, mas sem se atreverem a latir. Um cão pastor com um filete de sangue na testa pôs-se à frente para protegê-lo. O homem contornou o Citroën e apoiou o rifle contra uma das paredes ao ver Lilith e seus irmãos fitando-o com olhos arregalados. Fez sinal para que seus filhos seguissem para o rancho, que resistia cambaleando a cada nova investida do temporal. Os dois obedeceram sem reclamar, enquanto o homem tirava um pedaço arredondado de zinco que levava na cabeça. Tinha a pele curtida e enrugada, embora seu olhar fosse de um homem jovem. Enzo secou as palmas das mãos na calça, abriu a porta e saltou do Citroën.

– Foram pegos pelo granizo – disse o homem à guisa de boas-vindas.

Sua voz era seca e fraca.

– Desculpe por termos entrado sem permissão. Logo logo seguiremos viagem. Precisávamos de um refúgio...

– E nós de água.

– Entendo.

– Não creio. Ninguém que viva perto da água entende o deserto. Faz dois meses que a gente estava chupando a seca.

O homem olhou para o interior do carro de José, que o estudava sem dissimular (nem tentando ser humilde podia baixar a vista ante um camponês).

– Ele está conosco – disse Enzo, estendendo-lhe a mão.

– Tenho as mãos sujas, nem a água pode lavá-las...

Não era uma piada, todavia Enzo riu a valer, com o braço estendido e a palma aberta para ele, enquanto evitava o chicotear de uma das cordas, que o homem agarrou com uma das mãos e atou a um poste, sem deixar de fitá-lo.

– Não tenho muito a oferecer, mas entrem, se quiserem.

– Não se incomode, esperamos aqui mesmo.

– Olhe que esta chuva não para até amanhã – apontou para o céu e continuou: – Estamos juntando água, é uma bênção... Tem cria aí dentro.

– Meus filhos.

– Entrem então – insistiu. – Lá dentro pelo menos tem fogo.

Do interior do carro Lilith podia vê-los movendo os lábios, mas não escutava uma palavra. Deu um tapa no mastim para que se calasse. Viu o homem apontar para o rancho e desviou o olhar naquela direção. Apoiada no batente da porta viu uma garota de uns quinze anos, com o cabelo negro até a cintura e a pele morena, tão escura quanto a dos garotos. O olhar de Lilith deteve-se na barriga de sete meses que assomava por baixo de uma camiseta rota e por cima de calças de homem.

Enzo abriu a porta do carro.

– Desçam. Vamos esperar lá dentro. Aproveitem agora que estiou.

Era só uma maneira de dizer: o dilúvio prosseguia, mas o tamanho do granizo agora só doía, sem abrir feridas. Ajudou Eva a descer do carro, cobrindo-a com um pedaço de zinco.

– Corram! Agora! – ordenou a seus filhos.

Saíram os três em disparada, entre alaridos, ziguezagueando para evitar o granizo. Os cães perseguiram-nos como se fossem presas de caça pelos primeiros metros. Com uma mordida, um deles chegou a arrancar um pé da boneca Herlitzka, antes que o grito de seu dono os fizesse se afastar com o rabo entre as patas. Lilith parou um instante sob a chuva ao ver que o cão fugia com o pé de porcelana na boca. Desconcertada, baixou a vista até sua boneca, mancando antes de dar um passo. Mas o golpe seco de um granizo na nuca obrigou-a a seguir correndo para o rancho.

No interior de seu carro, José sorriu fascinado com cada uma de suas ações (mesmo desconcertada, Lilith era uma delícia). As pancadas na janela arrancaram-no de seu encantamento: Enzo chamava-o do lado de fora.

Guardou o Colt na calça antes de pegar a maleta e o chapéu, com o que bastava uma leve inclinação do queixo para que os olhos ficassem ocultos, Lá fora todos gritavam para se fazerem ouvir acima da tormenta.

– Que vamos fazer?

– Esperar! – gritou Enzo. – Até que pare um pouco!

– E se durar toda a noite?

Enzo deu de ombros, desorientado pela situação, com o rosto vermelho de impotência. O alemão estava rígido como uma estaca, com o chapéu posto e as mãos nos bolsos. Avaliava as opções com a mente fria. De onde estava, o dono da casa mal podia vê-lo nem ouvir o seu sotaque, tal era o estrondo das pedras do céu sobre o zinco da cobertura. Enzo foi até ele.

– Eu os apresentaria – gritou –, mas não sei o seu nome...

– Melhor assim – disse o dono do rancho. – Não é importante saber tanto das pessoas.

José, pelo contrário, não levantou a voz nem por um segundo. Ouvi-lo era impossível, era preciso ler seus lábios.

No interior do rancho, parada diante de um fogo que se extinguia, a adolescente arrancava uma por uma as folhas amarelecidas de um livro, que ia amassando antes de lançar no fogo. Estava descalça sobre o piso de terra, com um trapo úmido pendendo-lhe do bolso. Meia dúzia de bolas de papel conseguiram reavivar o fogo. Apoiou o livro sobre uma pilha, que aguardava num canto a vez de ser desfolhada, e usou o trapo para limpar a capa de couro. Parada a menos de um metro de distância, mas sem fitá-la nos olhos, Lilith conseguiu ler o título (*Ciência Mapuche*) e desviou a vista até um pequeno altar com uma estátua de gesso pintada à mão. Era rodeada por três velas das quais só restavam algum centímetros. As oferendas eram pedras do deserto, iguais às milhares que se empilhavam até o horizonte, que a adolescente limpou com cuidado especial, uma a uma, como se fossem relíquias. Levantou a vista até o teto, do qual pendiam dois pernis de presunto e uma dezena de embutidos. Às suas costas, os adultos intercalavam frases que caíam vez por outra no silêncio. Eram péssimos conversadores, todos menos José, que mantinha a boca fechada. Olhava-os, perguntando-se como era possível que um povo de raça bastarda, com misturas tão contrapostas e indesejáveis, tivesse podido sobreviver por milênios em condições tão inóspitas. Uma raça geneticamente degenerada pelo veneno da miscigenação, inoculado por mais de dois mil anos em seu sangue...

Não foi em vão que Darwin a chamou de terra maldita, pensou.

Dessa misturada haviam nascido quase todos os povos latinos, filhos do hibridismo. Aí estavam, inconscientes do pecado racial que era a mistura, ainda que os traços animalescos das raças inferiores o assinalassem: o nariz de Enzo, a explosão de lunares e manchas de nascença sobre a pele de Eva, o tamanho diminuto de Lilith, as feições indígenas dos donos da casa. O pecado cometido contra as leis das sagradas harmonias estava ali, estampado nos rostos e nos corpos: inapagável. Uma *cloaca gentium*, ponto de reunião biológica dos bastardos do mundo.

– E como foi que se animaram a cair na estrada hoje? – perguntou o dono da casa, quando a cortesia e as frases feitas se esgotaram.

– Não estava anunciado – disse Eva.

– Não é preciso um anúncio para desabar a tormenta – respondeu o dono da casa enquanto tirava uma chaleira do fogo. – Sente-se.

Fez um sinal para que os dois garotos tirassem a roupa e os pratos que se empilhavam sobre as quatro cadeiras. Eva obedeceu, porque era isso que havia recebido: uma ordem. E não era difícil – pensou – adivinhar que ali todos obedeceriam em silêncio.

Estava enganada.

O silêncio era devido à presença de tantos estranhos em uma casa que há anos não recebia visitas. Não era medo nem submissão. Se havia algo que esse homem conseguira foi inventar-lhes um mundo entre quatro paredes de adobe e dormentes. Mas não sabiam como tratar as visitas. A adolescente afundou a ponta de um raminho seco no fogo e usou-a para acender três das velas, enquanto os garotos despejavam os recipientes com água de chuva em uma bacia metálica. Todos estavam incomodados, sem saber o que dizer ou fazer; todos menos Lilith, que avançou até o altar. Deteve-se ao lado da adolescente e a observou em silêncio, acompanhando a ponta do raminho aceso que ia de uma vela para a seguinte.

– Quem é?

A adolescente olhou de esguelha para o dono da casa; o homem assentiu, sem deixar de preparar seu chimarrão.

– Ngenechen – disse a garota, tão baixinho que somente Lilith a ouviu.

– Um santo?

– Um deus – disse o homem.

– Deus de quem?

– Basta, Lilith – atalhou Eva.

Mas ela não olhou para a mãe, olhou para ele.

– Mapuche.

– Esses são os índios que mataram...?

– A alguns não – disse o homem, com um sorriso nos olhos.

A adolescente saiu da casa e voltou segundos depois com os braços carregados de pedaços úmidos de madeira que se empilhavam debaixo do beiral, criando fungos. Usava o volume de sua barriga para que a carga não deslizasse para o chão. Escolheu os cinco pedaços maiores e apoiou-os um por um sobre o fogo, Lilith seguiu o percurso de cada chispa que revoluteou entre seus pés descalços, ainda que a adolescente parecesse nada sentir.

– Ela é Yanka – disse o homem, ao ver como a fitava, e apontou para os dois garotos. – E eles são Lemún e Nahuel.

– E você?

– E o senhor, Lilith – corrigiu Eva.

– E o senhor? – perguntou Lilith, sorrindo.

– Cumín.

– O que quer dizer?

– Como sabe que quer dizer alguma coisa?

– Os nomes raros sempre querem dizer alguma coisa.

– Tigre vermelho.

– Eu não disse?

Cumín devolveu-lhe o sorriso. Lilith era a única que lhe caía bem. Não havia um pingo de maldade em suas perguntas. Às suas costas, Enzo não parava tranquilo: andava de um lado para o outro, tentando acalmar o choro do filho mais novo, que não cessara desde que o tiraram do carro. Tudo o assustava: a tempestade, o granizo, os cães, o olhar faminto daqueles desconhecidos... Também inibiam Tomás, que havia ficado de pé ao lado da porta de entrada, pronto para sair correndo.

– Está escurecendo, papai – disse em uma das tantas pausas, e a obviedade do comentário fez sorrir os dois irmãos, que fazia algum tempo o olhavam como gatos selvagens para um ratinho da cidade.

Ainda era cedo, porém; o temporal fizera o céu escurecer horas atrás.

– Já sei.

– Você disse que não se devia cair na estrada à noite.

– Já sei o que eu disse, Tomás!

O grito fez o menor chorar com mais força do que antes. Transtornado, Enzo pôs o filho nos braços de Eva.

– Cinco anos percorrendo esta estrada de um lado para o outro! Cinco anos e nunca uma chuva...

– Fique tranquilo, Enzo.

– Alguma vez já tinha visto granizo, Cumín?

– Aqui? Não.

Um trovão coroou seu comentário, seguido pelo latido enlouquecido de um dos cachorros. Cumín sorveu a última gota do chimarrão antes de preparar mais um.

– Mas as coisas estão mudando – disse.

Ao latido do cachorro somaram-se outros dois, um coro desordenado que parecia gritar para a lua.

– Está vendo? Até meus cachorros viraram lobos...

Cumín não pôde evitar um sorriso. A situação divertia-o.

– Não têm por que se preocupar. Podem passar a noite aqui e amanhã seguem. Na verdade não têm opção. Portanto aceitem e passamos a outro assunto.

– Eu lhe agradeço.

– Não me agradeça, conte-me o que anda acontecendo por aí. Aqui nem o rádio funciona. E o tempo... – com a ponta da faca apontou para um relógio de parede que mal se via debaixo de alguns agasalhos. – Nós o trouxemos quando mudamos para cá. Mas parou de funcionar e agora nem isso temos aqui.

Lilith chegou a ver que estava parado nas três horas.

– E como é que sabem as horas? – perguntou.

– Não sabemos. Nem se hoje é sexta ou sábado.

– É domingo.

– Eu te disse – falou Lemún para o irmão. – É a sua vez.

Deu um empurrão em Nahuel, que saiu sem reclamar e perdeu-se na tormenta. Lilith olhou para seu irmão menor, que chorava com mais força do que nunca, afogando-se em suas lágrimas.

– Não tenha medo – sussurrou-lhe no ouvido. – Não vai acontecer nada.

Lemún e Yanka olharam-se e depois para Cumín, que ergueu uma sobrancelha enquanto cortava três dos chouriços que pendiam do teto para apoiá-los sobre o fogo.

– Eu sempre digo o contrário.

– Que tenham medo?

Assentiu, acomodando os embutidos sobre as brasas.

– Acha que os monstros não existem?

– Existem?

– Claro que não estão debaixo da cama, mas certamente estão espreitando ao dobrar a esquina.

– Aqui não tem esquinas – disse Lilith sem pestanejar.

Cumín viu que o homem do chapéu sorria, olhando para ela. Era o único que lhe inspirava desconfiança, até seu sorriso era gelado. Parecia um autômato com uma máscara, insociável, sem um gesto humano, rígido como um andaime de madeira coberto de roupa. Vazio.

Vazio de quê?, perguntou-se Cumín.

Dele, se respondeu. *Não há nada aí.*

Mas não podia ser. Ninguém está completamente vazio, exceto um cadáver. E esse homem ainda não tinha a morte nos olhos. Tinha visto esse olhar quando era garoto, quando não tinha nada, nem um pedaço de terra. Podia ler o desprezo debaixo de tanta falsa cordialidade.

José sentiu o frio e o vento filtrando-se por entre os pedaços de náilon que cobriam as janelas. Recuou um metro, ao ver que a água lhe salpicava os sapatos. Não tolerava ter sido formado no centro cultural e artístico do mundo para terminar ocultando-se num buraco como aquele. Ele era o único culpado, ele, que insistiu em fazer a viagem por terra, quando lhe ofereceram uma cabine de trem e alguém para buscá-lo na estação terminal. O medo de que o encontrassem era demasiado grande. A chave para sobreviver era não confiar em ninguém, evaporar-se sem deixar rastros.

– Por que não senta – disse Cumín, e não foi uma pergunta.

José obedeceu; começava a escutar o dono da casa com atenção. Podia deixar que queimassem seus livros para fazer fogo, mas pensava como um homem que lia, ou que já havia lido. No olhar dos filhos também havia ondulações, de alguma maneira haviam conseguido evitar a planície que os rodeava. Imaginavam; cada um deles possuía sua própria imaginação. Não fazia muito tempo que estavam ali, eles também fugiam de algo. Esse era o tipo de coisa que o alemão podia adivinhar ao fitar alguém nos olhos, O dono da casa retirou os chouriços do fogo e cortou-os em pedaços, que colocou sobre uma tábua de madeira.

– Quer dizer que estão viajando juntos – disse, enquanto os servia.

– Na realidade não – respondeu Enzo ao ver que o alemão se mantinha afastado e em silêncio, sem a menor intenção de conversar com alguém. – Nós nos conhecemos há cerca de duas horas.

– Então estão unidos pelo medo...

– O medo do Senhor – disse Eva (por José).

– Amém – sussurrou Lilith.

Cumín soltou uma gargalhada e acariciou-lhe a cabeça com a mão gordurosa, já completamente seduzido. Aproximou-se de José para oferecer-lhe um pedaço de chouriço e não desistiu quando o homem fez que não com a cabeça.

– Prove.

– Não como carne – disse José, sem fitá-lo nos olhos.

Era a primeira vez que abria a boca, e o som de sua voz saiu rouco depois de horas de mutismo. Cumín ficou observando-o em silêncio por alguns instantes, uma pausa que os suspendeu a todos no vazio e gelou o sangue de José. Olhava-o sem surpresa, como se estivesse confirmado o que já suspeitava. No interior do país, José havia-se encontrado com várias pessoas que mal sabiam o que acontecia no resto do mundo.

Guerra?, perguntavam. *Desde quando*?

Mas este homem era diferente. Mesmo vivendo naquele fim de mundo, teria jurado que estava a par de tudo.

– É de porco – disse e aproximou a tábua um pouco mais.

José não teve mais remédio: escolheu o pedaço menor e levou-o à boca com uma desconfiança indisfarçável. Cumín esperou que mastigasse três, quatro, cinco vezes e deixou que engolisse o pedaço antes de mover-se fitando-o com um sorriso que parecia entrelaçar-se com seu temor.

– Gosta?

Assentiu, enjoado pelo sabor.

– Já deve ter provado em seu país.

– Não lembro.

– Claro que sim. Quer mais?

– Não, obrigado.

– Se há algo que existe por lá são variedades de porco.

Pegou dois pedaços para Yanka, que olhava sem aproximar-se.

– Coma.

– Não tenho fome.

– Mas ele sim – disse, apontando-lhe a barriga com a faca.

Observou-a mastigar, e não se moveu até vê-la engolir. Depois apoiou a tábua diante de Eva e Enzo.

– Esse foi nosso último animal, o primeiro a ser carneado por Lemún sem ajuda de ninguém. Estava reservado para uma ocasião especial...

– Não era preciso...

– Provem – repetiu.

Falava com a faca na mão, movendo-a no ar com cada gesto. José não podia crer na difusão de germes que presenciava: o chimarrão passava de boca em boca, a boquiha entranhada com microscópicos restos de saliva, erva-mate e chouriço. Um dos pedaços foi tão grande que Yanka o arrancou com a unha antes de levá-lo à boca. Conturbado, observou-a mastigar um pedaço de embutido entre um sorvo e outro de chimarrão. Teve que resistir ao impulso de pegar um de seus cadernos para esboçar ali mesmo a estranha variedade de corpos que desfilavam diante de seus olhos. Era um parque de diversões: peles, ossos e órgãos de todos os tamanhos e cores, deformações, gestações, laços sanguíneos... Duas árvores genealógicas opostas em que havia de tudo: êxito nos louros, mestiçagem nos pais, animalidade nos morenos, e até incesto. De onde mais ia sair essa segunda barriga grávida?

– De quanto está? – ele perguntou a Eva, em alemão.

– Dezessete semanas.

Ela respondeu em espanhol, como se quisesse deixar claro que não era sua cúmplice. Que não compartilhavam nada, além da estrada no deserto. O olhar do estranho já a incomodava há algum tempo; ele a estudava sem dissimular. Viu-o desviar seu interesse para a outra grávida, que lhes servia chimarrão cozido em taças de alumínio. Sabia que perguntava demais, porém estava empolgado.

– E você? – arremeteu.

Yanka ergueu a vista em direção a ele.

– De quanto está?

– Quem lhe disse que está grávida?

A pergunta de Cumín cortou-o em seco.

E fez-se silêncio de novo.

Nahuel entrou no rancho nesse instante, com o golpe de uma pedra de granizo no meio da testa. Apoiou o pé mastigado de Herlitzka sobre a mesa. Mal se conseguia distinguir a forma dos dedos, mais parecia uma massa de barro com a marca de dezenas de dentes. Ele se achegou ao fogo para tirar a roupa ensopada com a ajuda de Yanka, que escorreu cada peça em um canto antes de pendurá-la numa corda, a dois metros do fogo, defumando-a à medida que a secava. O único gesto de pudor de Nahuel, ao sentir-se observado sem dissimulação por olhos estranhos, foi dar um passo atrás para que metade de seu corpo ficasse oculto por um pano puído que pendia do teto à guisa de cortina. Mas bastava dar um mínimo passo adiante, como fez o alemão (apenas o vaivém do corpo), para violar a precária intimidade. Observou-o de cenho franzido, como fazia a cada vez que colocavam um novo objeto de estudo diante do seu nariz: não tinha um grama a mais, nem um pingo de gordura, era pura fibra, músculos marcados e fome... Anos de fome. O braço roliço de Enzo parou diante de seus olhos: agarrou um pedaço de chouriço, enfiou-o na boca e fechou os olhos, saboreando.

– Que delícia, por Deus...

– E olhe que esse porco se alimentava de vento.

– Como de vento? – perguntou Lilith.

– É uma forma de dizer, boba – replicou Tomás.

– Não entendo. O que quer...?

– Que estão todos mortos de fome aqui.

– Tomás!

O sussurro da mãe fê-lo calar a boca. Não havia maldade no comentário, embora a pele de Lemún ficasse corada, por raiva ou humilhação. Enzo suspirou; manter conversação ali dentro era um esforço quixotesco. E ainda restava uma noite inteira. Por um instante, a única coisa que se ouviu foi o granizo golpeando o teto de zinco e as dezenas de goteiras que pingavam em diferentes recipientes de alumínio espalhados pelos cantos, Tomás sentiu um nó na garganta, a mistura de vergonha e poder que gera a primeira estocada de crueldade na vida de qualquer indivíduo.

– Desculpe-o – pediu Enzo, arrebatado. – Diga alguma coisa.

– Ele falou a verdade – respondeu Cumín e voltou-se para fitar o alemão. – Ele perguntou se tem trabalho.

Foi até a porta e abriu-a; atrás da cortina de chuva apenas se podia adivinhar o caminho pelo qual haviam chegado.

– Seguindo a estrada – continuou Cumín, depois de agachar-se para pegar um pedaço de granizo, que enfiou na boca como se fosse um caramelo. – A estrada que vai povoar a Patagônia...

...com gente como vocês, pensou.

Por algum estranho motivo todos ouviram o pensamento com clareza. Era algo que costumava acontecer com Cumín e sua família. A princípio havia sido uma surpresa, depois o jogo favorito de todos. Nos últimos meses aceitavam-no com total naturalidade, como quem aceita uma crença e entrega-se à fé. Tinham uma teoria: o silêncio era tão extremo nesse fim de mundo que nos dias sem vento se podia ouvir tudo, até o que não era dito.

– E não têm folga? – perguntou Enzo.

– Folga?

– Dia livre.

– No dia em que não passa o caminhão para nos buscar... Mas é irregular. Às vezes vem quinze dias seguidos, outras vezes não aparece por uma semana. Depende das provisões que chegam dos canteiros.

– E quando terminarem a estrada que vão fazer? – perguntou Lilith, com sua habitual facilidade para tocar nos pontos nevrálgicos.

– Sempre vai haver estradas para asfaltar.

– Mas vão ficar sempre se mudando de um lado para outro? – insistiu.

– Se não houver outro jeito.

Cumín respondeu, fitando-a nos olhos como se fosse uma adulta. Não havia cinismo nas palavras de Lilith.

– Essa foi a proposta: terra e trabalho. Não disseram que era terra sem sombra e trabalho escravo. Mas ainda é melhor que nada. Desde os romanos que o mundo sempre se moveu com trabalho escravo, não?

A última pergunta foi para o estranho, que já não se atrevia nem a fitá-lo nos olhos. José deixou a vista fixada no chão de terra. Se tivessem se encontrado algum tempo antes, teria cuidado para que esses olhos não o fitassem nunca mais. Cumín era o tipo daqueles indivíduos dos quais preferia prescindir de imediato.

4

— Pronto – disse Yanka.

Empurrou um pouquinho mais de cola no interior do pé de Herlitzka. Havia passado a última hora preparando uma cola com as folhas de *Ciencia Mapuche*, que só usou para encher cada dedo do pé da boneca, empurrando-a com um palito de madeira. Destruía sem culpa a sabedoria dos seus ancestrais. Seus avós lhe haviam ensinado que tudo deve mudar de forma para não se perder. Lilith observava-a em silêncio, sentada perto da porta aberta, o único lugar no qual o ar estava menos viciado.

– Acho que não serve mais... Está vendo?

Yanka girou o pé de porcelana para mostrar-lhe o que acontecia: com vários furos e duas rachaduras, perdia fios brancos de cola por todas as partes. Lá fora já era noite fechada, mas a tempestade continuava com a mesma força, salpicando-lhes as roupas e os rostos ainda a meio metro de distância da porta. Lilith podia escutar os roncos de seu pai, que dormia no mesmo catre com sua mãe e o irmão menor. Era o sono de um homem estressado: a cada dois ou três minutos a apneia fazia-o despertar sobressaltado, arrastando sua mulher e seu filho até a consciência, um instante apenas, para afundar de novo no sono. Cumín também dormitava com os olhos entreabertos, sentado perto do fogo. Ele, pelo contrário, não roncava (nem sequer respirava).... Dava a impressão de ter abandonado seu corpo. José era o único adulto que se mantinha desperto. Escrevia em um caderno com capa de couro, embora os olhasse de esquerda o tempo todo, cada vez mais interessado no que faziam. Ao ver que Lilith tentava rechear o pé da boneca, já sem esperanças, aproximou-se dela com sua maleta na mão.

– Posso? – perguntou, apontando para uma cadeira próxima.

Lilith assentiu sem dar-lhe atenção. Enquanto a observava fracassar, suas pernas nuas manchadas de cola que nem as de Yanka, José sentou-se perto delas, arregaçou as mangas e abriu a maleta.

– É preciso costurá-la – disse.

– Como?

– Usando palitos de dentes para unir o pé ao corpo.

– Quem vai fazer isso?

– Eu.

Lilith levantou-se, com o pé numa das mãos e a boneca na outra, e aproximou-se de José. No interior da maleta viu uma dúzia de frascos e pastilheiros, além de um estojo preto que o alemão abriu sobre a mesa, mostrando todo tipo de objetos: escalpelo, bisturi, tesoura, pinça, agulha, álcool, gaze...

– Para que tem tudo isso?

José escolheu a agulha mais grossa de todas e um arame finíssimo que usava para feridas profundas. Pôs o material diante de seus olhos, prendendo-o com a ponta do polegar e o indicador enquanto preparava a agulha com a outra mão.

– É médico?

– Veterinário – disse. – E antropólogo.

Não mentia, levando-se em conta suas origens. Em 1935 havia defendido sua tese de doutorado com o título *Estudo morfológico de raças realizado na peça frontal do osso submaxilar*, graduando-se com louvor pelo Departamento de Antropologia da Universidade de Munique. Apenas três anos mais tarde, em sua tese de doutorado em medicina, que intitulou *Estudos da fissura labial mandibular palatina em algumas tribos*, já assinalava a importância da investigação com gêmeos. Enfiou a agulha na primeira tentativa e abriu um frasco de álcool com o qual embebeu um pedaço de atadura.

– Me dê – ordenou.

Lilith apoiou a boneca sobre a mesa e entregou-lhe o pé, que José limpou por fora e por dentro antes de dar vez a Herlitzka, pondo a cabeça entre suas pernas para prendê-la. Moveu a perna sã para tirá-la do meio e deixou a manca apontando para cima como um mastro. Já sem dissimular seu deleite, acomodou o pé na posição exata em que queria deixá-lo, encaixando os dois pedaços de porcelana quase à perfeição.

– Vai ter que segurá-lo.

Lilith aproximou-se até parar a centímetros dele, tão perto que mais de uma vez o joelho de José roçou seu púbis ao fazer girar a boneca para atar o pé à perna. Compenetrada em seu papel de enfermeira, segurou Herlitzka sem que lhe tremesse o pulso. Lilith sentiu seu hálito na cara, amargo e acre como o odor de tabaco que seu pai fumava às escondidas.

– Um pouquinho mais – disse José, dando uma última volta na atadura.

– Assim?

– Mais uma...

José cortou a atadura e moveu o pé com cuidado: estava firme.

– Agora os pontos – disse, como se fosse a sobremesa.

Com a concentração de um cirurgião, agarrou a agulha com a ponta do indicador e do polegar. Procurou um furo na porcelana, atravessou a atadura e saiu por outro furo na perna, usando as mordidas caninas para unir os pedaços.

– Vocês são de Bariloche?

– Minha avó... era. Ela morreu. Por isso estamos indo.

– Para o enterro?

– Já foi enterrada faz dois meses.

– Então que sentido tem a viagem?

– Vamos morar na casa dela. Era uma hospedaria.

– *Mist* – disse José baixinho, com a agulha cravada na ponta de seu polegar. Arrancou-a e chupou uma gota de sangue. – O que você dizia?

– Ela a deixou para nós... a hospedaria.

– Você gosta?

– Passei lá todos os verões da minha vida.

Com o dedo indicador, José acomodou a luneta de moldura negra que havia tirado da maleta minutos antes. Cortou o fio de arame do primeiro ponto (perfeito) e passou ao seguinte, escondendo a sutura atrás do calcanhar, numa exibição de talento que o fez sentir-se mais vivo do que nos últimos meses de exílio. Soube de imediato que havia encontrado uma solução para sua nostalgia: não importava que essa bebê fosse de porcelana, podia fazer com ela o que quisesse sem levantar suspeitas de nenhum tipo. Lilith conteve a respiração, toda a sua atenção na dança da agulha que se escondia na atadura uma e outra vez, procurando os furos dos dentes para unir o pé ao resto do corpo.

– É um arranjo provisório... As marcas sempre ficam.

– Não se assarmos de novo – disse Lilith, como se fazer corpos de porcelana fosse algo cotidiano.

José levantou os olhos, surpreendido.

– Quem vai fazer isso?

– Meu pai ... Foi ele quem fez a Herlitzka.

– Ele faz bonecas?

Lilith assentiu.

– Diz que é um passatempo.

Foi então, enquanto dava um último ponto, que soube o que tinha de fazer. O germe do que viria já estava ali, enquanto preparava uma espátula alemã, afundando-a em um recipiente de plástico com cola de farinha. Recheou o pé e tapou os últimos furos, moldando-o à imagem e semelhança do pé são. Se tivesse mais instrumentos teria mudado a cor das unhas, de rosa velho para salmão nacarado. Em algum momento de sua infância havia visitado uma fábrica de bonecas. Os moldes de gesso o cativaram, a possibilidade de extrair infinitos corpos perfeitos de uma mesma matriz. Nessa época dizia a todo mundo que queria ser soldado, não médico, porém nunca esqueceu essa imagem. De imediato tomou gosto pela infinidade de experimentos que podia realizar em seres de porcelana.

– Pronto – disse, fazendo girar sua obra diante do nariz de Lilith.

Uma explosão de riso de três garotos o fez voltar-se para fitá-los: Tomás ganhara a amizade dos filhos de Cumín no instante em que sacou duas revistas em quadrinhos do bolso da calça. Sentados perto do fogo, os dois irmãos haviam passado as últimas horas olhando os desenhos, fascinados pelo mundo de caricaturas que desconheciam.

– Que diz aqui? – perguntou o mais velho quando a curiosidade de saber o que dizia um quadrinho, com cinco soldados disparando contra um ataque de índios ranqueles, superou o orgulho de admitir que não sabia ler.

– Onde?

– Aqui.

Tomás dissimulou a surpresa (fazia duas horas que fingiam ler) e não fez perguntas: leu. O riso dos irmãos interrompeu-se de imediato ao encontrarem, no meio das histórias de caubóis americanos, de romanos e gregos, uma de índios e soldados situada no próprio deserto em que viviam.

– Diz que o índio é como o pássaro quero-quero: num lugar grita, e no outro faz o ninho... – Tomás apontou um balão que saía da cabeça de um dos soldados, apontando seu rifle contra uma fileira de mulheres e anciãos. – Este aqui pergunta: Se sabemos que os caciques estão em algum lugar o que fazemos? – Apontou para o quadrinho seguinte, em que outro soldado respondia antes de abrir fogo: Vamos ao acampamento para saquear essa chusma! E abrem fogo.

– O que é chusma?

– Não sei.

– As mulheres – disse Nahuel.

– As mulheres, as crianças e os velhos – disse Yanka.

Ela os havia rodeado sem que percebessem, para olhar as histórias por sobre seus ombros. Apontou para o quadrinho seguinte.

– Aqui matam todos.

– Por quê? – perguntou Nahuel.

– Seu pai já lhe explicou por quê.

Tomás quis fechar a revista, mas Lemún tomou-a de suas mãos: as páginas seguintes mostravam a matança de índios e as vitórias de um regimento de homens brancos de uniforme azul que cavavam um buraco no meio do deserto, cobertos de poeira, saqueavam aldeias, incendiavam-nas, recebiam medalhas, eram abraçados pelos filhos como heróis de guerra ...

– Onde conseguiu as revistas? – perguntou Lemún.

– Comprei em Buenos Aires.

– E quem lhe ensinou isso de que mataram os índios?

– Eu não disse isso.

– Sua irmã disse.

– Pergunte a ela.

– Se sua irmã sabe, você também sabe.

Tomás deu de ombros, encurralado.

– Foi na escola... Vocês não vão?

– Aonde?

– À escola.

– Não há escola aqui.

– E porque não há vocês não vão?

– E aonde quer que a gente vá?

– E... Não sei... Que espertos...

Não lhe responderam. Tomás pôs-se de pé, cada vez mais sem jeito. Guardou as revistas e estendeu a mão até aquela que ainda estava com o filho mais velho de Cumín.

– Bem... – sua voz ficou alquebrada na última sílaba, mas continuou antes de perder a coragem: – Acho que vou tirar um cochilo. Me dá ela?

– Esta vai ficar comigo.

Lemún nem sequer ergueu o olhar da historieta. Tentava controlar a vontade de golpeá-lo. Não queria mal ao louro, mas pensar que estiveram rindo de dois caubóis gringos a uma história de distância da que tinha agora nas mãos... Seu pai sempre lhe dissera que algum dia ia sentir raiva pelo que lhes haviam feito. Na última vez Nahuel se havia animado a responder-lhes:

– A mim não fizeram nada.

Foi apenas um sussurro, com o olhar enterrado no prato de ensopado que tinha diante de si. Mas Cumín o escutou como um insulto.

– Ah, não?

– A mim não.

– E quem você pensa que é? Sem o seu tataravô quem você acha que teria sido?

– Ninguém.

Nunca havia entendido por que seu pai se enfurecia tanto por algo que se passara havia mais de cem anos. Mas ali estava de novo, sentado à cabeceira da mesa, o braço levantado, os olhos injetados de sangue, como se seus filhos fossem aquela gente que o obrigou a sair de Carmen de Patagones no meio da noite. *Gritou para a gente errada*, disse-lhes uma tia que não quis ficar com eles, *melhor que se cuidem um pouco*.

– Vocês acreditam que exterminar todos os povos indígenas não obedeceu a um plano? Sabem o que diziam? Que primeiro iam exterminar os nômades e depois os sedentários... Mas aqui estamos, temos raízes e terra e ninguém nos exterminou. Somos a prova viva do fracasso de um projeto.

Abafou o grito com um trago de aguardente.

– Pra puta que o pariu – disse baixinho.

E era o insulto perfeito, quase uma nostalgia, porque fora parido por uma puta que nunca quis saber nada de ser mãe. Quando se embriagava sentia saudade dela, perdia a esperança e dizia que estava farto do buraco em que vivia.

– Não é um buraco, é nossa casa.

– Isto não é uma casa.

– Se não lhe agrada, por que não vamos embora?

– Porque não temos para onde ir.

Não havia meio de convencê-lo de que não eram adultos ainda. *Com mansos como vocês nos matavam a todos*, repetia. Nessa noite, olhando a caricatura de um índio de tanga e pluma que chorava diante de seu acampamento queimado como um pássaro assustado, Lemún sentiu a mesma raiva de Cumín.

– Bem, eu lhe empresto – disse Tomás, e sua voz alquebrou-se de novo. – Amanhã você me devolve?

– Não. Esta vai ficar para mim.

– Está bem. Eu lhe dou de presente.

Retrocedeu, e estava a ponto de sentar-se num dos catres vazios quando Nahuel lhe fez um gesto com a mão.

– Nesse aí dormimos nós.

– Ah, e onde...

– Ali.

Apontou para o catre no qual já dormia apinhado o resto de sua família. Tomás assentiu resignado, sentou-se à beira do catre, apoiou as costas contra a parede e fechou os olhos. Não via a hora de amanhecer. Nahuel ficou olhando-o, sacou sua navalha de um bolsinho e continuou trabalhando em um pedacinho de madeira que ia se transformar numa serpente. De quando em quando levantava a vista até a fronte de Tomás... Medindo a distância para uma navalhada. Mordeu o lábio e olhou para seu irmão, que permanecia cativado pela historieta.

– Queime-a.

– Nem pensar.

– Se Cumín chegar a vê-la...

– Não vai ver.

– Esse pessoal não sai daqui se Cumín a vir.

– Não vai ver – repetiu. – E você não vai abrir a boca.

Quando os ânimos começaram a esquentar entre os irmãos, José já havia terminado de unir o pé ao corpo de Herlitzka. Os dois pedaços encaixaram-se com absoluta perfeição. Não alterou nem um milímetro a altura de cada agulhada em relação à anterior, com tal habilidade que a sutura se transformou em uma finíssima tornozeleira prateada logo acima do calcanhar. Lilith começou a sorrir na metade do trabalho e, quando o alemão deu o último ponto, não cabia em si de alegria. Abraçou Herlitzka, o corpo da boneca ainda de pernas para cima, como se a única coisa que importasse a partir de agora fosse esse pé amputado e reconstituído como por mágica. Observou José guardar uma a uma suas ferramentas de trabalho, já sem dissimular sua fascinação.

– Vai me ensinar?

– O quê?

– A fazer o que fez.

– Costurar?

– Sim.

– Agora é tarde...

– Em Bariloche.

– Não sei se vamos continuar nos vendo em Bariloche.

– Sim – disse Lilith. – Vou continuar vendo-o.

José sorriu sem fitá-la, enquanto fechava sua maleta.

– Então pode ser.

– Promete?

– Quando o discípulo está preparado, o mestre aparece.

– Estou preparada.

Agora sim, olhou para ela, surpreendido pela veemência com que cuspiu cada palavra. Estava convencido de que seu encontro havia sido uma coincidência estranha, quase mágica, um sincronismo, um desses casos repletos de sentido, como diria Nietzche. Mas não pelos motivos em que Lilith acreditava.

– Posso arrancar outro pé.

– Como?

– De Herlitzka. Posso lhe cortar um pé, a mão...

– Para quê? – perguntou José, irritado.

– Para costurá-los de novo.

Ao erguer o olhar, viu que sua alma gêmea lhe sorria, parada a centímetros de distância, tão grotesca e encantadora que não conteve o impulso de tirar-lhe uma diminuta mancha de cola que tinha a um milímetro da boca.

– Pode ser. Agora vá. Durma.

Apontou-lhe o único catre com um gesto. Estavam por demais a sós e demasiado perto para resistir, mas não era nem o lugar nem o momento. E ele era um homem paciente.

– E você...?

– Posso descansar aqui sentado. Vá.

Lilith deu de ombros e deitou-se ao lado de Yanka. Continuou a olhá-lo, séria, convencida de que esse homem que havia saído do nada iria evaporar-se assim que fechasse os olhos. Ao ver que lá fora clareava, José apagou a última vela e colocou o chapéu, antes de recostar-se contra a parede. Havia parado de chover e um vento gelado silvava, sacudindo as paredes enquanto arrastava a tormenta para o norte.

Uma hora depois, quando todos dormiam, Lilith continuava desperta. Não podia deixar de acariciar o tornozelo costurado de Herlitzka, passando o dedo indicador sobre os pontos de arame. Na penumbra sentiu que Yanka estava acordada, acariciando a barriga.

– Dorme? – sussurrou.

– Não.

Outro silêncio, em que Lilith quase podia escutar a inquietude de Yanka.

– O que há?

– Quero lhe mostrar algo – disse Yanka.

Levantou-se e caminhou até o fogo, sem fazer ruído. Só restavam umas poucas brasas. Agarrou uma pazinha que se empilhava entre outras ferramentas e aproveitou o regresso para assegurar-se de que todos dormiam. Não havia dúvidas: os adultos formavam um coro de roncos e seus irmãos estavam esparramados no mesmo canto de sempre. Yanka ajoelhou-se no chão, diante de sua cama, fazendo um gesto a Lilith para que a imitasse. Com esforço, agora que sua barriga estava sempre ali no meio, deitou-se de lado e pôs o corpo debaixo da cama. Percorreu duas pilhas de livros e tateou na penumbra até encontrar um pequeno pedaço de terra removida. Não precisou cavar demais, pois a caixa que procurava estava apenas coberta por uma fina camada. Tirou a terra com a mão. Lilith observou-a, sem abrir a boca e sem entender o que fazia.

– Eu também tenho uma – disse Yanka.

– Uma o quê?

– Uma boneca.

Abriu a tampa. Dentro da caixa, além de papéis e uma arma, havia uma boneca do mesmo tamanho de Herlitzka. Tinha o cabelo negro compridíssimo, até os joelhos; o rosto, mãos e pés talhados em madeira; os olhos negros de índia; o nariz reto, os lábios grossos, a barriga volumosa; uma túnica cortada à mão...

– Como se chama?

– Wakolda.

Embora seus olhos já se houvessem acostumado à escuridão, Lilith não conseguiu ver todos os detalhes. Mas algo, provavelmente o mistério ou o cuidado com que Yanka a retirou da caixa e a penteou com os dedos, a fez desejar possuir essa boneca mais do que qualquer outra coisa no mundo.

– Por que a tem escondida?

– Eu não, Cumín.

– E por que seu pai a esconde aí?

– Não é meu pai.

A resposta fez com que Lilith fechasse a boca.

– Diz que já estou grande para bonecas. Que não posso ter uma de pano, se vou ter uma de carne.

– Diga-lhe que é para o bebê.

– Ele não acredita. Disse que a atirou no fogo, mas Lemún me contou que a havia enterrado aqui.

– Posso tocá-la?

Yanka deu-lhe a boneca. A pele era suave, aveludada.

– É incenso.

– O quê?

– A madeira, é puro incenso.

Os olhos pareciam estar vivos e tinham pestanas postiças.

– Pode guardar um segredo?

Lilith fez que sim.

– Ela tem poderes.

– Que tipo de poderes?

– Realiza desejos. Os meus, pelo menos, realizou.

– Quais?

– Não posso lhe dizer... Foi feita por um machi.

– Um o quê?

– Machi... Vocês o chamam.

– Bruxo.

– Mago.

Somente as extremidades eram feitas de madeira, o resto do corpo era macio e muito cheio. Yanka esticou um braço e tateou a superfície do catre que estava acima de suas cabeças até tocar uma das mãos de Herlitzka. Fê-la deslizar até ela e apoiou-a sobre o piso de terra.

– Quer trocar?

Lilith olhou Herlitzka (perfeita até na sutura) e Wakolda (disforme, mas poderosa). Mordeu o lábio inferior, fingiu não entender para ganhar tempo.

– Como assim... trocar?

– Eu fico com a sua e você com a minha.

– Hã... Não... Bem... É que...

– Vamos.

– Não sei.

– É bom para você.

Olhou bem as duas bonecas, mas era impossível ganhar da Wakolda. Não era somente por seus poderes. Havia chegado a suas mãos em meio a uma noite de tempestade no fim do mundo, desenterrada, coberta de terra... Quem haveria de resistir? Lilith tinha alma de pirata, e ficou com água na boca ao pensar no butim que levava.

– Está bem. Eu troco.

Como todo pirata, desejara enganá-la até o último momento para ficar com as duas, mas Yanka era uma adversária à altura. Guardou a Herlitzka dentro da caixa, pôs a tampa e voltou a enterrá-la no buraco. Lilith sentiu uma pontada de angústia, era uma imagem que não esqueceria.

– Vai deixá-la aí?

Yanka assentiu, enquanto cobria a caixa com uma camada de terra.

– E se ele a encontrar?

– Melhor.

Fazia meses que Yanka queria livrar-se e agora, por fim... Não tinha ideia do que fazia, não era das que perdem tempo pensando. Ela agia. Corria sempre adiante. Sua gravidez era um escudo que a protegia dos golpes. Sabia o que a esperava. Ia ouvir gritos, insultos e sofrer alguns maus tratos, nada do que não pudesse se recuperar. A satisfação que sentiu estava ligada ao valor do butim que essa estranha lhe entregava.

– Esconda-a bem. Ele não pode vê-la até que você vá embora.

Lilith assentiu e enrolou Wakolda na pequena manta rosa tecida à mão na qual havia trazido Herlitzka. Escondeu os pés de madeira e todas as mechas negras. O ímpeto de valentia havia passado e o remorso apoderava-se dela. Olhou para Yanka, que já se havia deitado de novo, as mãos cobertas de terra apoiadas sobre sua barriga de sete meses.

– Vai-se arrepender?

– Não – disse Yanka e fechou os olhos.

Lilith combateu o sono o mais que pôde. A imagem de Herlitzka enterrada debaixo do catre chegou a ser tão insuportável que em algum momento esteve a ponto de levantar-se para libertá-la. Por algum motivo não o fez. Aos doze anos já era uma pessoa de palavra.

Ao amanhecer, quando sua mãe a despertou para seguir viagem, olhou ao redor sem entender onde estava, quem era a adolescente grávida que dormia a seu lado e o homem que a olhava de esguelha enquanto se penteava, molhando um pente em uma vasilha com água e estudando seu reflexo num pedaço de espelho que pendia da parede. Mas bastou que Lilith visse os olhos da boneca mapuche assomando por entre as dobras da manta para que recordasse de imediato tudo que se havia passado. Cobriu a boneca e arrancou uma pele do lábio com um puxão, desperta de repente pela excitação de uma travessura bem feita. Não soltou Wakolda nos minutos que seus pais levaram para fazer com que os filhos despertassem e tomassem o mate com pedaços de pão quente que Cumín pôs sobre a mesa. Nessa madrugada, já sem vestígios de aguardente no sangue, estava mais moderado que na noite anterior. Farto de tanta gente, queria que se fossem. Parado no banheiro que ficava a metros da casa, apenas um buraco na terra cheio de serragem, Enzo também estava ansioso para pegar a estrada. Ordenou baixinho à mulher que ninguém pedisse para usar o banheiro e que saíssem de imediato. Passada a emergência, não tinham que compartilhar mais nada.

– Obrigado, Cumín, não sei como lhe agradecer...

– Com essa bússola, tudo ficaria bem.

Apontou para o bolso de calça de Enzo, do qual pendia uma corrente de prata com uma bússola, presente de seu sogro.

– Ah, bem... Se quiser...

– Foi uma brincadeira. Não quero nada.

– Não, fique com ela, por favor.

Fazendo força para recordar os princípios da generosidade cristã, dezfez-se da bússola e a pôs nas mãos do dono da casa.

– Será mais útil a você do que a mim. Aceite-a.

– Bem – disse, Cumín, sem o menor problema.

Acompanharam os estranhos até a cobertura. Cumín fez o mastim inglês sair do carro e manteve seus cães sob controle enquanto o mastim corria de um lado para o outro, urinando em cada arbusto, que de imediato cada cão de casa selava com urina mapuche. Antes de o mastim subir no carro, dois dos cães pularam em sua jugular, sem se importarem com as pancadas que receberam de Cumín e seus filhos para separá-los. O mastim, transtornado pelo caos em que sua vida doméstica havia entrado durante as últimas 24 horas, subiu no carro com marcas de mordidas no pescoço e no dorso. Agachou-se entre as pernas de Tomás, apoiou o focinho sobre seus pés e fechou os olhos, rogando para sair dali o quanto antes.

– Vamos, Enzo, por favor – suplicou Eva.

Úmido e castigado, até o motor custou a pegar. Foi o suficiente para que todos temessem passar mais um dia ali. Tomás só respirou quando ouviu o motor funcionar. Sentia uma pontada de dor no meio da testa, pela gana com que os irmãos haviam considerado dar-lhe uma navalhada durante toda a noite. Lilith, por sua vez, cruzou os dedos. Sob o encaixe de seu vestido de ponto inglês, era a única de espírito aventureiro. A aridez já estava de volta com todo o seu poeirento esplendor. Não havia sinais das horas de chuva sobre a terra ressequida. Anos de seca chegaram ao ponto de sugar como uma esponja até a última gota de água. A única coisa que havia mudado eram as cores: ao se lavar a poeira que recobria tudo, os arbustos tinham um tom de verde mais escuro, o zinco da cobertura brilhava e a estrada voltara a ser negra, com espelhismos a poucos metros de distância. Nenhum dos locais perguntou se tinham água, não queriam compartilhar suas reservas com eles. Despediram-se observando o carro afastar-se com a mesma secura da paisagem. A última imagem que Lilith teve deles foi essa: Cumín à frente, bússola na mão; Nahuel e Lemún alguns passos atrás, a revista em quadrinhos do massacre oculta na calça do mais velho, com um dos fuzilamentos de caricatura colada à pele; Yanka, como sempre, sozinha na porta de entrada, esperando...

5

Trinta quilômetros mais adiante, Enzo pôs a mão pela janela e fez-lhe sinal para avisá-lo de que ia desviar-se até o acostamento. José deteve-se a uma distância prudente. Viu Lilith e seu irmão correrem em direções diferentes, escondendo-se detrás dos arbustos maiores que encontraram. De onde estava viu a menina agachar-se com o vestido levantado até a cintura e as pernas abertas. Tentava esconder-se atrás de um arbusto tão seco que um retalho de imaginação bastou a José para completar o contorno de seu corpo. Sempre sentiu peculiar inclinação pelos atos escatológicos dos espécimes que estudava. Um colega havia chamado isso de perversão; ele preferia crer que era nesses momentos (nas caretas de força ou de prazer) que podia alcançar a essência de seus objetos de estudo. De onde estava não podia ver os detalhes, apenas adivinhou que Lilith tinha os olhos fechados e um sorriso de alívio. O que distinguiu com absoluta clareza foi o bailezinho de sacudidas que fez antes de deixar que o vestido floreado cobrisse suas coxas de novo. Viu-a dar um salto para evitar a pequena poça a seus pés e correr de volta para o carro, com todo o encanto despreocupado de quem não sabe ainda as montanhas que irá mover com sua estranhíssima beleza. Lilith sorriu-lhe antes de subir no carro, e teria corrido até ele não fosse a discussão que tivera com seus pais no breve percurso entre o rancho e essa primeira parada.

– Não é um estranho!

– Sim! É um estranho! Um estranho com quem acidentalmente passamos a noite! Nada mais!

– Mas...

– Não vá ao carro dele, Lilith – disse Eva, sem gritar.

Era o tom que vinha antes do castigo, motivo pelo qual calou a boca e dedicou-se a olhar pela janela. Seu pai respirava com agitação, tinha o pescoço suado, a pele vários tons mais morenos que de hábito... E ainda faltavam mais de mil quilômetros para chegar, a metade sem asfalto. Lilith recordava com clareza a exasperação a que haviam chegado todos nos últimos 200 quilômetros de viagem. Não podiam se falar nem se tocar, qualquer contato com seus irmãos resultava numa briga. À distância viu um caminhão que saía de um rancho com cinco homens na carroceria. Lilith imaginou que era o mesmo caminhão que ia buscar Cumín e seus filhos para outro dia de trabalho.

– Termina aqui – disse seu pai, resignado.

O que terminava era o asfalto. Já estava ali, no horizonte, o corte em que a estrada voltava a ser de terra e cascalho. Quilômetros depois sentiram o bamboleio no corpo, o instante em que as rodas passaram de uma textura a outra, o corte entre o país que ia ser e o que era. Ensurdecida por um concerto de ruídos, Lilith abraçou Wakolda contra seu corpo e fechou os olhos. Ao rangido de metais somava-se o arquejar cada vez mais forte do mastim, que babava pelos cantos em busca de ar, e o choro do seu irmão menor, para quem mil quilômetros era uma distância infinita. Ela abriu a janela alguns centímetros, ergueu o nariz para o ar quente e úmido e deixou que o cabelo enlouquecesse ao seu redor, ocultando-lhe o rosto para que ninguém visse suas lágrimas.

– Em cada família há um louco e um que chora – dissera-lhe sua avó, em alemão, na última vez em que se viram. – A mim coube ser a louca, e a você, a chorona.

Lilith assentiu; não falava alemão, mas entendia. Nem sequer recordava por que chorava essa noite, mas ficara gravada em sua cabeça a canção de ninar com que sua avó a fazia adormecer...

Schlaf, Kindlein, schlaf!
Der Vater hüt, die Schaf,
Die Mutter schüttelt,'s Bäumelein,
Da fällt herab ein Träumelein,
Schlaf, Kindlein, schlaf!

– Não importa o sentido – dizia sua avó. – Escute a música.

A única coisa que Lilith não entendia eram as discussões entre sua avó e sua mãe: falavam tão rápido que todas as palavras se transformavam em um rugido carregado de erres. No último verão sua avó quase já não se levantava da cama, havia abandonado o corpo tanto como a casa e o jardim. Fazia anos que lhes rogava para que se mudassem para o Sul, mas Eva negava-se com a mesma veemência com que ela insistia.

– Vou ter de morrer para que você volte – dizia.

E era o que havia acontecido.

Enzo reuniu seus filhos em princípios de dezembro para dizer-lhes que no próximo ano não iam começar o colégio em Buenos Aires, pois mudariam para o Sul. Havia passado a manhã guardando em caixas as ferramentas de sua oficina, na qual se amontoavam relógios de todos os tamanhos. Embalado pela infinita divisão do tempo de uma centena de relógios que batiam cada um a seu ritmo, esse era o único lugar em que Enzo descansava. Em um canto, suficientemente afastado para não irritar Eva, guardava os recipientes para a porcelana, os pincéis, o molde e o pequeno forno no qual fazia uma ou outra boneca em seu tempo livre. Mas a cada dia a equação invertia-se um pouco mais: Enzo passava as tardes trabalhando no contorno de um lábio, de um par de sobrancelhas, de uma pinta bem em cima da boca, incrustando olhos de vidro, terminando um craniozinho de náilon com uma diminuta peruca de linho, polindo a pele dos corpos de porcelana até que a suavidade fosse a de um recém-nascido... Horas e horas, em vez de terminar os relógios que tinha de consertar. Seu último invento (colocar um relógio no lugar do coração) havia capturado com tanta fúria sua imaginação que passou as últimas ceias em silêncio, desenhando sobre a comida um mecanismo para firmar o relógio no interior dos corpos de porcelana. Eva sabia bem onde estava sua mente cada vez que ele erguia um olhar ausente para ela. Essas bonecas, com as quais seu marido só não dormia, produziam-lhe ataques de ciúmes mais virulentos que qualquer mulher de carne e osso com quem Enzo tivesse cruzado. Lilith ouvira-os discutir centenas de vezes...

– Ninguém pode viver dessas bonecas! E menos ainda de consertar rolamentos e motores! Nem que todos os relógios de Buenos Aires enguicem ao mesmo tempo!

– Nesse caso ficaríamos milionários – respondeu Enzo na noite anterior ao anúncio, com sua calma habitual.

Eva não lhe respondeu, mas no dia seguinte seu pai anunciou que iam reabrir a hospedaria dos seus sogros. O trabalho mal dava para alimentá-los. Não lhes confessou que haviam chegado a um acordo: se conseguissem outra renda que os mantivesse, Eva o deixaria em paz com suas bonecas. Lilith não se animou a queixar-se: sabia que se sua mãe se mantinha em silêncio, os olhos cravados no solo, era porque não havia como voltar atrás. Seu pai não era mais que o porta-voz de uma decisão que ela havia tomado a portas fechadas.

– Acorde, Lilith... Chegamos.

Abriu os olhos em meio à escuridão de uma rua mal iluminada. Estava enjoada, com náuseas, irritada e suja, como todos. Doía-lhe cada um dos músculos, até aqueles que não sabia que existiam. Com seu treinamento militar, o alemão havia tolerado melhor que ninguém o tédio da viagem. Mas seus olhos ardiam e sentia uma pontada de dor na testa. Ao entardecer haviam deixado para trás o deserto; em uma curva do caminho começaram as primeiras árvores, riachos cada vez mais largos que foram nutrindo a terra até convertê-la no oásis que lhe haviam prometido. Quando a escuridão devorou a paisagem, cravou os olhos no carro que vinha seguindo havia uma eternidade e não pensou em nada mais além de manter-se desperto até se deter.

Agora que a viagem chegara ao fim, conseguiu ver, semioculto pelos bosques da cordilheira dos Andes, um chalé de estilo alpino. Estavam a menos de cem metros do maior lago da Patagônia. Não fazia ideia sobre seus próximos passos, mas uma maleta repleta de dinheiro bastava-lhe para ficar tranquilo. Enzo já se aproximava do carro do estranho que os havia seguido por mais de mil quilômetros. Caminhava com uma leve manqueira no pé direito, sentindo câimbras depois de dez horas ininterruptas apertando o acelerador.

José desceu do carro.

O vento soprava do Nahuel Huapi espevitou-o, golpeando-lhe em cheio com uma rajada fria e seca. Viu Tomás abrir o cadeado de um portão de ferro antes de empurrá-lo com a ajuda de Lilith. As janelas do chalé estavam acesas, e na luz que se esparramava ao seu redor adivinhou a opulência de pedra e madeira de épocas passadas.

– Nós vamos ficar aqui, José. Bariloche está a vinte quilômetros mais à frente, direto por este mesmo caminho... Para onde vai?

José tirou um papel dobrado do bolso interno de sua mochila. Enzo leu o endereço e ergueu a vista, assentindo.

– São seus amigos? – perguntou.

– Conhecidos.

– Fica no povoado. Siga direto e pergunte de novo tão logo chegue lá. Qualquer um vai saber indicar.

José assentiu em silêncio. Às costas de Enzo viu Eva afastando-se com seus três filhos por um caminho bordejado de pinheiros que desembocava na casa. O pesar que sentia desde o começo do exílio, a perda do sentido, a desesperança... Tudo se havia evaporado de imediato: não ia perder a oportunidade de viver nesse zoológico.

– Sua filha comentou comigo que vão reabrir a hospedaria de seus sogros.

A ponto de despedir-se, Enzo fitou-o surpreendido. Não entendia quando havia trocado tanta informação com sua filha.

– Em duas semanas.

– Sendo assim, eu poderia ser o seu primeiro hóspede. Com minha mulher.

Como bom cristão, José sabia que o casamento era um sinônimo de tranquilidade. Uma coisa era receber em casa um homem sozinho e outra uma instituição sagrada.

– Pretendo chamá-la tão logo me instale em algum lugar.

– É casado?

– Claro.

– Deixe-me falar com minha mulher. Se ela aceitar, talvez pudéssemos alugar-lhe alguns dos quartos do andar térreo. Se for do seu agrado, claro...

– Vai me agradar.

Enzo estendeu-lhe a mão, dando por encerrada a conversa. Tinha que ser paciente. Era evidente que estavam oprimidos pela viagem. A única que se virou para saudá-lo foi Lilith, com a boneca mapuche escondida numa pequena manta de lã e apertada contra seu corpo. O resto da família parecia tê-lo esquecido. Não toleravam mais o confinamento do carro, queriam esticar as pernas.

– Venha nos visitar amanhã.

– Ao meio-dia?

– À tarde é melhor. Às cinco.

Lilith ouviu o motor do Chevrolet afastando-se. Teria corrido até alcançá-lo, se não estivesse prisioneira nos braços de Luned, uma galesa repleta de sardas que havia servido a sua avó desde que aprendeu a andar. Tão velha como a casa, fazia duas noites que não dormia, aguardando-os. Sentada sobre um dos leões de pedra que decoravam a entrada esperava Tegai, sorrindo-lhes com os dentes torcidos. Seu corpo havia sofrido uma explosão de curvas desde o verão anterior, tanto que Tomás mal pôde dissimular a rigidez da mandíbula. As galesas haviam gastado todo o estoque de lenha para manter a casa aquecida para eles. Começavam a enlouquecer ali dentro, sozinhas numa casa tão grande, quando Eva lhes anunciou que viajavam para o Sul para ficar. Lilith foi a única que se animou a entrar no quarto principal nessa mesma noite. A única a perguntar como tinha sido a morte da avó.

– Adormecida.

– Aqui mesmo?

– Nesta mesma cama. Sua avó sempre fez o que queria.

Uma antiga casa de bonecas esperava-a ao lado da cama. Livre das teias de aranha e dos insetos que se aninhavam em todos os cantos, resplandecia por dentro e por fora. Lilith nunca havia visto algo igual. Aproximou seus olhos (gigantes) das janelas do térreo: a primeira coisa que viu foi um diminuto piano de cauda, tão fascinante quanto o resto do mobiliário.

– Encontrei no sótão quando fazia a limpeza – disse Tegai. – Era de sua mãe. Sua avó disse que a limparia para você.

Sem animar-se a tocar esse mundo de miniatura – tão asseado que dava medo – Lilith dormiu nesse mesmo quarto, abraçada a Wakolda. Os lençóis não tinham vestígios do odor de sua avó. Cheiravam ao sabão de coco com que as galesas os haviam esfregado mil e uma vezes até arrancar a morte de cada fio de seda. O motor de um hidroavião despertou-a minutos depois do amanhecer. Já era o segundo despertar em que o mundo exterior mudava de forma. A boneca mapuche (que abraçava como uma âncora) voltou a orientá-la... Saltou da cama, calçou as botas de chuva que usara no dia anterior e desceu as escadas em saltos de gazela na direção dos janelões que davam para o jardim. Havia sido o seu passatempo preferido nos últimos verões: correr até o cais a cada vez que o som de um motor sobrevoava a casa. Às vezes decorriam semanas sem uma aterrissagem e não ia desperdiçar a sorte de que uma a recebesse no primeiro dia. Correu livrando-se dos ramos na cara, entre pastos altos e troncos caídos, descendo a picada que caía cem metros até a margem do lago. O ar gelado espevitou-a em poucos metros. Quando chegou aos cais, um hidroavião voava rasante ao lago, a ponto de tocar na água. Tomás havia-a antecedido por segundos. Tinha na testa o corte diminuto de algum ramo ou espinho, e uma minúscula gota de sangue deslizava pelo contorno de sua sobrancelha direita sem que ele se desse conta.

– Oito, sete, seis, cinco, quatro... – contava, sem fôlego.

Lilith juntou-se à contagem regressiva e apressou os últimos três números para que o zero coincidisse com o choque do hidroavião contra a água, com uma delicadeza tão grande que apenas tocou a superfície antes de deslizar até o ancoradouro do vizinho. A casa ficava a uns duzentos metros de distância, ao pé de uma montanha. Mal se via a partir do caminho, a entrada não era mais que uma nesga de terra em um dos tantos desvios, oculta pela espessura do bosque. Ninguém que não estivesse prevenido jamais a encontraria vindo por terra. As formas mais fáceis de chegar eram pelo ar ou pela água, e o hidroavião era a combinação perfeita. Sua avó lhe dissera uma vez que a viúva do dono – um suíço que foi um dos primeiros povoadores da cidade – a havia vendido para um forasteiro meses depois de sua morte. Nessa época a cidade crescia a passos gigantescos, e eram cada vez mais os que se instalavam de um dia para o outro em Bariloche para recomeçar a vida. Um dos passatempos favoritos dos habitantes históricos é compilar informações sobre os novos. Mas quanto ao proprietário da casa vizinha apenas o tinham visto um punhado de vezes, nada sabiam dele. De onde estava, tiritando em sua roupa de dormir, Lilith conseguiu ver fugazmente um homem de óculos escuros e uma mulher com chapéu de aba larga que iam sentados no assento traseiro, atrás do piloto. Era a única imagem que roubavam uma e outra vez dos visitantes, antes que os hidroaviões desaparecessem debaixo de uma parreira repleta de uvas, que se fazia mais espessa à medida que se fundia no casarão vizinho.

– Continuaram chegando muitos? – perguntou Lilith, ainda agitada.

– O tempo todo – sussurrou Tegai. – Cada vez mais.

Ficaram quietas e em silêncio para escutar o motor que se detinha, o rangido de um portão de ferro fechando-se e os latidos de dois cães que recepcionavam os recém-chegados. Era a única coisa que sabiam do vizinho: seus hóspedes nunca saíam da casa. Qualquer outra coisa que se passasse ali dentro era um segredo escondido pelos muros de cinco metros de altura que rodeavam a propriedade, junto com o bosque de álamos e eucaliptos por trás dos quais se ocultava a casa.

Nessa mesma tarde, com a ajuda de Tomás, apoiaram uma escada contra o pinheiro mais alto da parede meeira que os separava do terreno vizinho e subiram até um ramo que lhes permitisse ver um pedaço do parque. Apoiados de bruços sobre os galhos mais robustos, semiocultos entre as folhas, os dois maiores estavam mais concentrados em sua própria excitação do que em ver o que se passava do outro lado. Tomás arrancou um raminho e usou-o para levantar o vestido de Tegai. Fingindo-se distraída, a galesa esperou até que ele visse o que queria antes de afastá-lo com um tapinha. Lilith era a única atenta, mas mesmo assim não viu nada. Ao longe, as janelas estavam estrategicamente ocultas atrás das árvores. Não se deram por vencidos e montaram guarda por mais de uma hora. E sua perseverança deu resultado: na hora mágica, quando a luz faz tudo parecer mais formoso do que é, viram um homem caminhando entre as árvores. Tinha a fronte, o nariz e o queixo vendados, mais parecendo uma múmia do que um homem. Movia-se devagar, como se ainda estivesse anestesiado. Lilith não se preocupou em esconder-se; não podia deixar de fitá-lo, embora estivessem a poucos metros de distância. Não baixou a cabeça quando Tomás lhe sussurrou que o fizesse. O homem devia ter percebido que estava sendo observado, porque se virou e a viu trepada num galho. Ela teria jurado que lhe sorriu, embora o lábio inferior também estivesse semioculto pela atadura. Lilith esteve a ponto de perder o equilíbrio e de cair de costas. Abafou um grito e desceu saltando de galho em galho, com tanta pressa que patinou a dois metros do solo e caiu de joelhos, abrindo-se um talho em cada um. Tegai e Tomás saltaram atrás dela, rindo, enquanto saíam em disparada até o bosque que circundava a hospedaria. Eram mais rápidos que Lilith, que em segundos viu-se alguns metros atrás. Conseguiu ver que Tomás agarrava Tegai pela cintura para fazê-la desaparecer atrás de uma árvore. Ouviu risos, mas logo os perdeu de vista.

Ainda agitada, deteve-se para procurá-los.

– Tegai?

Ninguém respondeu.

Os risos soavam distantes e abafados (uma boca asfixiava a outra). Sabia o que estavam fazendo e enfurecia-se por terem-na deixado de fora de suas brincadeiras. Correu mais alguns metros, ainda perturbada pela imagem do homem vendado. Parou ao ver o carro do alemão estacionado do outro lado de uma espessa alfena que circundava a hospedaria. Ao aproximar-se viu José, acomodando o chapéu com a concentração de um galã de cinema. Ao vê-la, ele desceu do carro e caminhou até ela, sem lhe tirar os olhos de cima. Trazia duas garrafas de vinho, um ramo de flores e dois bolsos repletos de caramelos que planejava entregar ao menor como havia feito durante anos com seus escolhidos (essas bolinhas de açúcar que tanta alegria provocavam eram a melhor isca).

– Para você – disse, arrancando do ramo uma margarida para ela.

Sem pressa, tomando todo o tempo do mundo para não estropiar uma pétala sequer, passou-a por entre os vãos do alambrado. Lilith mordeu o lábio, o olhar cravado no centro alaranjado da flor.

– Seu pai está?

Lilith sussurrou um sim, apenas uma cócega na língua. Nunca antes se havia sentido tão perturbada diante de um homem... Comportava-se como ninguém na arte da provocação e da irreverência. A timidez, pelo contrário, era um sentimento novo para ela. José esperou cinco segundos, mais paciente do que nunca.

– Vá chamá-lo – ordenou (exasperado à contagem de seis).

Lilith girou e correu até a casa. Na noite anterior, recostada sobre as pernas de sua mãe enquanto ela lhe acariciava a cabeça, havia-os escutado falar do alemão. Seu pai era o mais teimoso quanto a que um estranho morasse com eles antes de abrir a hospedaria.

– Não o conhecemos...

– Não vamos conhecer ninguém dos que se hospedarem aqui – disse Eva, que havia crescido rodeada de turistas. – E nem é essa a ideia. São inquilinos, não amigos. Se prepararmos um dos quartos da ala esquerda, sequer vamos vê-lo com frequência...

Seu pai não aceitou de imediato, mas passaram o dia seguinte limpando a casa. Havia aceitado voltar, com a condição de que todos os ajudassem a transformar essa casa: não queria mais portas fechadas. Chamou um serralheiro do povoado para abrir as fechaduras sem chave, que eram mais de dez. Anos de poeira e teias de aranha haviam transformado esses quartos em desvãos com odor de cárcere, reinado de insetos e uma festa de roedores. Mas havia mais que isso: no silêncio e na escuridão desses ambientes, havia-se cozinhado a fogo lento um caldo que envolveu a todos como a mão de um gigante invisível que agora gritava para ser exorcizado. Luned trouxe duas irmãs e duas primas para ganhar a batalha. Armadas com trapos, baldes e água ensaboada, as galesas lançaram-se à conquista de quinhentos metros quadrados, abrindo persianas e janelas com seu avanço de tropa de choque. Enzo e Tomás encarregaram-se de retirar os móveis que ainda podiam ser recuperados, entregando-se sem perder tempo a lixar todas as superfícies para arrancar-lhes os vestígios de sua história. A missão de Lilith era levar a roupa velha que apodrecia havia anos nas arcas e guarda-roupas para o lavadouro do primeiro andar; e nisso estava quando encontrou sua mãe sentada em um dos quartos já ventilados pelas amazonas galesas. Sentada de cara ao sol, Eva revolvia uma caixa repleta de fotos velhas, cadernos de colégio e livros infantis.

– Não sei por que sua avó fez isto...

Apontou para as dezenas de caixas empilhadas contra uma parede.

– Guardava tudo em caixas que empilhava nos quartos sem rotular. Quando um quarto se enchia de coisas velhas, o fechava e acabava perdendo a chave. Desde que fui para Buenos Aires tenho o mesmo pesadelo: com seu pai compramos uma casa que parece muito luminosa, mas ao percebê-la começo a encontrar portas novas que não conheço corredores e quartos cada vez mais escuros, sujos... Sempre termino num espaço imenso, aberto, como um galpão, às vezes um cenário, que é parte da casa e por onde pode entrar qualquer um. Em alguns sonhos essas portas conduzem a ruas ou terraços. À noite sonhei que enchia a casa de estranhos. Eu os alimentava e cuidava, não me animava a dizer-lhes que queria que fossem embora. Preparava pratos com tudo que tinha em minhas despensas: embutidos, frutas e verduras. As pessoas avançavam sobre a casa, invadiam os quartos que não estavam permitidos, manchavam os pisos, sujavam os banheiros. Até que eu interrompia a música e lhes dizia que minha mãe estava morrendo e que teriam de ir embora. Agora quero encher esta casa de gente... Creio que a estou transformando na casa de meus pesadelos.

Nunca havia escutado sua mãe falar tanto de uma só vez. Sem uma pausa, com o tom confidente de uma amiga. Por uma vez em sua vida, Lilith emudeceu.

– Olhe – disse Eva com uma foto na mão. – Essa aqui sou eu.

Apontou uma menina de uniforme e tranças. Na foto, um grupo de trinta meninos sorria à porta de um colégio com um teto em cumeeira, ao lado de um cartaz onde se lia:

ESCOLA PRIMO CAPRARO

Muitos deles tinham o braço erguido, com a mão estendida à frente. De um lado estava a bandeira argentina, do outro uma bandeira vermelha com uma suástica.

– Essa escola ainda existe?

– Foi fechada durante a guerra. Voltaram a abrir faz uns dois anos. Muitos dos que estão nesta foto vão ser seus professores.

– Vou estudar aí?

– Sim.

– Mas não falo alemão.

– Não importa, há dois grupos por ano. Em um deles falam espanhol.

– Papai estudou aí?

– Seu pai não é alemão.

– Eu também não.

Lilith revolveu entre as fotos até encontrar uma das poucas em que estavam todos juntos com seus avós. Seu pai era o único que não sorria. Ao erguer a vista viu que sua mãe a olhava de cenho franzido, como se tivesse uma lembrança estampada na cara.

– Um dia, muito antes de você nascer, seu pai disse para o meu que seus filhos eram argentinos, e com vocês só íamos falar o idioma do país.

– O que aconteceu?

– Nos impuseram.

– A todos?

– A seu pai. A mim pediram que escolhesse.

– E aí? – sussurrou Lilith.

– Eu me fui com ele.

Lilith pensou em mil coisas ao mesmo tempo, mas balbuciou apenas:

– Uau!

Mal podia parar quieta, movia os pés para frente e para trás, para os lados, olhava sua mãe com novos olhos, via-a como guerreira e valente. Agora entendia o desprezo com que seus avós haviam tratado Enzo, a reticência de Eva a ir passar o verão com eles, a tensa calma na qual viviam nas três semanas em que compartilhavam o mesmo teto a cada ano. Antes de mandá-la banhar-se, Eva pediu-lhe que não ficasse contando essa história por aí.

– Fica entre nós duas, certo?

Lilith jurou silêncio e aguentou uma hora inteira antes de contar a Tomás e Tegai, enquanto arrastavam a escada até a parede meeira do vizinho. Já uma fofoqueira, só não contou tudo ao alemão porque nunca os deixaram a sós: seu pai recebeu-o na porta de entrada e conduziu-o à sala de estar. Lá dentro a casa estava limpa e ventilada, da cozinha chegava um aroma de carne assada e numa lareira Tomás terminava de colocar umas toras de lenha. José estava tão bem-humorado que, mesmo sendo vegetariano, o aroma da carne abriu-lhe o apetite. Acariciou a cabeça de Tomás e parou frente aos janelões que davam para o lago... O lugar era um paraíso.

– *Willkommen* – disse Eva.

Ela mesma se ruborizou e fechou a boca. Estar na casa de sua infância trazia-lhe tantas lembranças que até surpreendia a si mesma falando no idioma com que a haviam educado. Entregou o ramo de flores a Tegai e serviu duas xícaras de chá, enquanto José percorria a sala de estar com um sorriso. Na noite anterior tinha feito uma breve ligação para a capital para que uma rede de contatos locais agisse imediatamente: todos ofereceram abrir-lhe as portas de suas casas até que decidisse se pensava em seguir para longe ou ficar algum tempo em Bariloche. José recusou todos os convites e nem sequer se preocupou em avisar ao colega que o esperava com a mesa servida que não ia dormir em sua casa. Passou a noite em um hotel do centro, ceou em meio a turistas ruidosos e trancou-se no quarto antes das dez. Seu instinto de sobrevivência aconselhou-o a não manter contato com ninguém até que decidisse o que fazer. Não tencionava explicar por que preferia morar com estranhos (pagando), quando para tantos teria sido uma honra que se hospedasse com eles.

– Sabe o que sinto? – disse a Enzo. – Que voltei para casa.

Aproximou-se de Eva para aceitar uma xícara de chá. Perfumado em excesso, barbeado para que sua pele reluzisse frescor, vestido com um traje negro, sapatos recém-engraxados, o mesmo chapéu do dia anterior... Era a imagem da pulcritude. Disse estar encantado com a cidade, com seu tamanho, sua paisagem e sua gente. Podia imaginar-se vivendo num lugar assim.

– E o lago! – exclamou. – Que bem me faz sentir esse lago!

Eva sorriu, o mesmo lhe acontecia.

– Ontem eu comentava isso ao telefone com minha esposa – disse José em alemão, enquanto afundava uma colher de prata no açucareiro.

– E ela, quando virá? – perguntou Eva.

O olhar de Enzo fê-la repetir, agora em espanhol.

– Quando virá?

– Tão logo eu me instale em algum lugar.

Olhou para os pais de Lilith, como se coubesse a eles anunciar-lhe algo. Enzo e Eva trocaram um olhar, desconcertados por um novo rodeio em uma conversa ziguezagueante.

– Não sei se vocês tomaram alguma decisão...

– A hospedaria só vai ficar pronta dentro de duas semanas.

– Não necessito mais do que um quarto com essa vista.

– Você já não tinha um lugar onde ficar? – perguntou Enzo, ainda reticente.

– Não se compara com isso.

José aproveitou a pausa para dobrar a aposta.

– Estive vendo hotéis, pensões, pousadas em toda parte. Não achei nada tão acolhedor quanto a casa de vocês. A única coisa que quero é um bom lugar para minha esposa... Nossa vida tem sido difícil nos últimos meses, necessitamos de um pouco de paz. Estou disposto a pagar qualquer quantia para consegui-lo, dinheiro não é problema. Posso até pagar adiantado. Seis meses.

Sem mais preâmbulo, sacou um pequeno maço de pesos argentinos e depositou sobre a mesa. Com a ponta do dedo indicador empurrou-o até Enzo. Eva tomou um gole de chá com o olhar cravado nas notas. Mesmo sem contar, sabia que era uma soma considerável, suficiente para pagar as dívidas dos últimos meses, suficiente para viver duas semanas, até que a hospedaria começasse a funcionar. Lilith olhou para sua mãe, prendendo a respiração. Entregue a seu pesadelo, Eva assentiu.

– Pode chamar sua esposa – disse.

José dedicou a todos um dos seus sorrisos gelados.

– É uma honra para mim ser o seu primeiro hóspede.

– Tem bagagem?

– No carro.

– Vou buscá-la – disse Enzo.

Eva guardou o dinheiro e levantou-se para indicar-lhe o caminho.

– Venha – disse em alemão. – Vou mostrar-lhe o seu quarto.

Ainda que o calor do fogo lhe queimasse as pernas, Lilith não se atreveu a mover-se. Queria gritar de alegria. Viu-os subir a escada e girar até a ala reservada para hóspedes. Teve que conter-se para não segui-los, movendo a cauda como um cachorro feliz. No andar de cima, José aproveitou os poucos metros de um corredor escuro para observar o corpo de Eva, fascinado por essa mescla de peso e sensualidade das grávidas.

– Posso lhe fazer uma pergunta?

Eva assentiu, sem deter-se.

– Tem certeza de que está com dezoito semanas?

– Assim disse o médico.

– Está grande demais... Todos foram iguais?

– Tomás e o menor.

– E Lilith?

– Nasceu de sete meses.

Ela parou diante de uma das portas de cedro e abriu-a. José adiantou-se para ver o interior: um pequeno quarto com uma cama de solteiro e uma escrivaninha com vista para o lago. Perambulou pelo quarto com um sorriso, parando para abrir as janelas e respirar com os olhos fechados.

– Perfeito...

Eva sorriu, parada no batente da porta.

– Você cresceu aqui? – perguntou José.

– *Nasci* aqui.

Algo no olhar do alemão incomodou-a. Tanto que apoiou a chave do quarto sobre a escrivaninha.

– Sua chave. Amanhã vamos arrumar o refeitório para os hóspedes. Hoje ainda pode jantar conosco.

Era a única condição que Enzo impusera: não queria compartilhar as refeições com um estranho. Nem sequer nas duas semanas que faltavam para reabrir as portas da hospedaria. Tudo tinha que manter-se o mais independente possível, tal como havia sido durante a infância de Eva, quando a casa de seus pais era dividida em duas partes: de um lado viveriam eles e do outro os hóspedes. Nessa noite José fez um esforço sobre-humano para engolir o guisado de miúdos de porco que lhe serviram. A consistência borrachuda da carne que mastigava lhe produziu engulhos mais de uma vez. Dissimulou-os com uma tosse seca escondida atrás de um lenço bordado com suas iniciais. O vegetarianismo era uma excentricidade nessas latitudes e ele não ia depreciar o alimento da família na primeira noite. Durante a ceia manteve-se parcimonioso e sereno, escudando-se em perguntas que visavam rastrear a genealogia de ambos os pais em busca de pistas que lhe permitissem compreender a diversidade de sua prole. Inteirou-se de que Lilith tivera pneumonia aos três anos, e uma asma leve que a acompanhava até o presente. Era comum sofrer de gripes, anginas, infecções respiratórias e sinusite. Tomás e o menor, pelo contrário, não adoeciam nunca. As gravidezes dos três haviam sido absolutamente normais. Para Lilith era gratificante que ele quisesse saber tudo sobre ela: quanto pesava, quanto tinha de altura...

– Um metro e trinta e dois – disse sua mãe.

– Trinta e três – corrigiu ela com a precisão de uma aluna exemplar.

O alemão sorriu, limpando a boca com o guardanapo, enquanto desviava a vista para Eva.

– Quanto pesou?

– Você não é veterinário? – retrucou Eva.

José buscou sua pequena cúmplice com o olhar. Desejaria perguntar-lhe o quanto mais lhe havia contado.

– Médico. Veterinário. Antropólogo.

– E o que prefere... Os humanos ou os animais?

– São quase a mesma coisa, não?

Engoliu o bolo na garganta com um trago de vinho. Eva e Enzo trocaram um olhar, intimidados pela coleção de títulos universitários.

– Qual é sua especialidade?

– O gado. Muitos desconhecem o quanto se pode potencializar os nascimentos e melhorar a cria com hormônios.

– Que tipo de hormônios?

– De crescimento.

– Vaca a vaca? – sussurrou Lilith.

– Só as grávidas. O hormônio estimula a produção de uma proteína que o corpo gera naturalmente, mas em menor dose. A genética é uma ciência complexa, mas pode ter explicações simples. O mais importante é buscar sempre o que os geneticistas chamam *o efeito fundador*. Se for encontrado um padrão claro e hereditário, pode trabalhar para melhorar a raça.

– Pensa em exercer a profissão no tempo que passar aqui?

– É provável.

Olhando a barriga de Eva, José esteve a ponto de dizer que se o seu olho clínico não falhava – dezenas de vezes haviam calculado as semanas de gestação com apenas um toque – faltava menos do que ela achava. Mas havia mais, se sua intuição estava correta... A ideia abriu-lhe o apetite: não tornara a ver gêmeos desde a guerra. Nessa noite a digestão foi lenta e dolorosa, seu corpo estava acostumado somente às verduras, laticínios e legumes. Afundou em um sono profundo que o levou de volta ao Führer. Estava em um corredor escuro debaixo da terra. Ali vivia, enterrado em vida. Seu bigode era largo como em algumas fotos da Primeira Guerra. Ao ver que girava nos calcanhares para afastar-se dele, José chamou-o aos gritos, rogou-lhe que não se fosse, jurou segui-lo a qualquer parte, até a esses lugares em que não acreditava: as cidades secretas do Himalaia, os refúgios subterrâneos construídos no continente antártico... O Führer deu-lhe as costas e afastou-se sozinho, sem virar-se para fitá-lo uma única vez.

Despertou sem fôlego.

Eram muitos os que diziam que o General não havia morrido no *bunker*, que tinha partido em submarino e agora esperava em algum dos oásis polares. Como Barba Roxa, o rei Artur, Baldur e Wotan, morto e não morto, vivo e não vivo, gelado, em hibernação, enquanto os corvos cuidavam de seu sono para despertá-lo quando o povo ariano precisasse dele de novo. Diziam que a guerra não havia terminado, que nunca ia terminar. Mas José era um homem da ciência, não acreditava na magia, na alquimia, nem em qualquer outro tipo de hermetismo. Não acreditava nas montanhas sagradas nem em cidades secretas nas quais, diziam, se haviam refugiado os sobreviventes. Estava convencido de que era unicamente na superfície da terra que se resolvia o destino dos homens. Pela primeira vez em meses teve de tomar um dos calmantes com que fazia dormir os poucos pacientes que, em algumas poucas vezes, despertaram nele um gesto inesperado de piedade.

6

Lilith entrou no quarto de José pela janela e rodeou a cama com um sorriso. Conhecia a casa de memória. Sua avó havia-lhe revelado todas as passagens e atalhos. Sabia que o porão se ligava com a lavanderia por um sistema de túneis que havia sido bloqueado a cinquenta metros, em direção à casa do vizinho, por um desabamento que ninguém cuidou de consertar. Em uma de suas tantas excursões descobriu que os beirais do telhado eram tão largos que podia caminhar por eles sem cair. Isso lhe permitia entrar e sair de qualquer cômodo, mesmo que estivesse fechado a chave. As fechaduras eram tão velhas que o dono sempre demorava para abrir a porta. As voltas em falso da chave permitiam-lhe correr até a janela e evaporar-se. Movia-se como um fantasma: ninguém tinha segredos para ela. Antes de sair pela janela de seu quarto certificava-se de que teria tempo suficiente para revistar o que quisesse: o novo hóspede e seu pai discutiam os termos de sua estadia no refeitório. Nessa manhã José ficou surpreso que lhe servissem o café da manhã na sala de estar da ala esquerda, com vista para o bosque, enquanto o resto da família fazia o desjejum no refeitório da ala direita, em frente ao Nahuel Huapi. Ainda maior foi sua surpresa quando Luned lhe deu um molho de chaves para que pudesse entrar e sair por uma porta lateral que dava para essa mesma sala. Nessas condições podiam passar dias inteiros sem que cruzasse com Lilith e sua família. O gesto respondia a um cuidado de sua intimidade, porém nada estava mais distante do que ele havia imaginado: acompanhar o progresso da gravidez de Eva e o crescimento de seus três filhos...

Para quê?

Ele mesmo se perguntou:

Por que tomava anotações como um fanático?

Não sabia.

Por enquanto não era mais que um passatempo que lhe havia atenuado a raiva por ter de fugir da comodidade de seu lar em Buenos Aires, sem nenhuma perspectiva de que a vida voltasse à normalidade. No quarto do alemão, Lilith abriu a tampa da escrivaninha e inclinou-se para olhar seu interior sem tocar em nada. Um anel de prata chamou-lhe a atenção: tinha uma caveira e outros símbolos que não conhecia (não reconheceu a suástica flamígera nem os caracteres rúnicos). Moveu-o dois centímetros com a ponta do dedo indicador: tinha uma inscrição em alemão no lado interno. Experimentou o anel, mesmo sabendo que era demasiado grande para dedos tão diminutos como os seus. Em cima de um caderno negro viu um punhal em uma bainha de couro. Sacou-o com cuidado (um mínimo tremor de suas mãos salpicou com reflexos de luz as paredes do quarto), a cada instante mais fascinada pelo desconhecido: o metal reluzia e em uma de suas faces tinha gravado outro emblema que tampouco pôde ler. Cada vez mais intrigada (a esta altura havia esquecido que revistava pertences alheios), abriu o caderno. Páginas e páginas de anotações, números, listas, desenhos. Estava repleto de ilustrações: bebês e meninos com flechas que saíam de seus olhos, cabeças, membros e órgãos. Numa das páginas viu dois corpos unidos pelas costas. Ao chegar ao final, deteve-se: a primeira que reconheceu foi sua mãe, nua, com seus setes meses de gravidez. Não era uma ilustração demasiado virtuosa, mas o suficientemente próxima para que não restassem dúvidas de que era ela. Tinha uma série de números ao seu redor: medidas, quilos estimados, meses de gestação.

Homo arabicus, leu.

Seu pai estava na página seguinte, ao lado de seus irmãos, também rodeados de números e medidas.

Leu: *homo syriacus*.

Ela vinha por último.

Sua ilustração tinha mais detalhes que as outras: medidas em quase todos os ossos, na circunferência da cabeça, anotações em alemão, números e mais números, cálculos que tinham resultados, uma lista de enfermidades com umas poucas palavras em espanhol: pneumonia, asma, gripes, anginas, infecções e sinusite crônica...

Com um nó na boca do estômago, intuiu que era melhor não deixar rastros de que havia estado ali. Pôs o anel, o punhal e o caderno em seu lugar. Saiu pela janela depois de assegurar-se de que tudo havia ficado exatamente como encontrou.

De volta a seu quarto, sentou-se no umbral da janela. Sentia vertigens, e não era pela altura. Se falasse, iam começar as perguntas:

Como tinha visto esse caderno?

Como havia entrado no quarto?

A seguir viria o castigo, um mês inteiro sem sair para parte alguma. Mas muito mais grave que isso: provavelmente pediriam ao estranho que se fosse. Não importava se era médico, veterinário ou antropólogo... Quem iria aceitar que ele os estudasse? Além disso, não eram animais. E ele dissera que sua especialidade eram as vacas. Mesmo que tivessem de devolver o dinheiro, que já haviam usado para pagar as dívidas dos últimos meses, iam pedir-lhe que fosse embora. Por uma vez na vida tinha que manter a boca fechada. E fez isso, embora não voltasse a olhá-lo da mesma maneira.

Mal se viram nos dias seguintes.

José sabia que estavam experimentando para ver se podiam conviver com um estranho, e nada faria que os fizesse mudar de opinião. Comeu sozinho, saiu pela porta lateral e mudou seu rumo ao ver Eva regando as flores com Lilith (que nesse dia estava diferente, perturbada e fugidia).

Cumprimentaram-no de longe.

Logo depois do meio-dia, Enzo atravessou a casa até a ala esquerda para perguntar-lhe se tudo estava bem. Encontrou-o sentado no terraço que dava para o lago, lendo o jornal. Minutos antes, em um quadro sem importância na página 15, José havia encontrado uma notícia ocupando menos de um quarto de página, com o título: O MOSSAD PROCURA MENGELE. E o subtítulo: *Fontes confirmaram que o cientista nazista já estaria no Paraguai.* Fingia ler, embora na realidade estivesse se banqueteando com o desfile de corpos seminus de Eva e seus filhos. Haviam reunido coragem para banhar-se na água gelada do Nahuel Huapi. Quando Lilith saiu da água, baixou o jornal para observá-la sem a menor dissimulação. Seu corpo era menos disforme do que aparentava vestido. As pernas eram curtas (o tronco demasiado largo), mas havia uma misteriosa harmonia na imperfeição de suas medidas. Ele a viu correr até Tomás e Tegai, que brincavam na margem com um par de pernas de pau. Como um macaquinho de circo, tentavam fazer com que o irmão menor andasse nas pernas de pau.

– Está me procurando?

A voz de Enzo surpreendeu-o com a guarda baixa. Sem mover-se, levantou o jornal uns centímetros, bloqueando Lilith de sua visão antes de voltar-se.

– Consegui as vitaminas e o ferro para a anemia de sua mulher.

Tirou dois frascos da maleta, que Enzo recebeu surpreendido. Havia convencido Eva a tirar uma amostra de sangue para ver se estava anêmica. O resultado deu positivo. José ocupou-se em receitar-lhe uma série de vitaminas e um composto de ferro.

– Com isto, em alguns dias ela vai se sentir melhor.

– Não sabia que a havia...

– Ela me disse que estava cansada. E tomei a liberdade.

– Não precisava ter se incomodado.

José sacudiu uma das mãos, dando por encerrado o tema. Uma gargalhada de Lilith – que tentava subir nas pernas de pau – os fez levantar a vista até ela.

– Nunca mandaram examiná-la para ver se ainda está em tempo?

– Em tempo de quê?

– Crescer.

– Isso não é algo a ser decidido pela medicina.

José sorriu, a ponto de entrar em seu tema preferido.

– Há tratamentos que, realizados a tempo, poderiam empurrá-la para uma altura quase normal. Deixe-me mostrar-lhe algo.

Sem dar-lhe tempo de recusar, tirou uma pilha de fotos de uma caixa de madeira. Eram de seus últimos experimentos em duas estâncias nos arredores de Buenos Aires.Um mesmo bezerro, enfermo antes de receber seu tratamento de hormônios, aparecia vistoso e forte em outra foto.

– Isto é o que meu tratamento consegue.

– É o mesmo animal?

Assentiu.

– Com um mês de diferença entre uma foto e outra.

Sabia que era melhor não insistir, mas não pôde evitar:

– Se você me permitisse tratar Lilith durante...

– Uma coisa é um bezerro, e outra é minha filha – interrompeu Enzo.

Era o pretexto que esperava para mostrar as fotos mais antigas. Garotos de túnicas brancas, antes e depois de receber os hormônios e suplementos alimentares. Embora sorrissem, algo nos olhos desses garotos fez Enzo sentir um nó na garganta.

– O que é isto?

– Pacientes – disse José, com a impunidade que ainda tinha por causa do véu de segredo que cercava tudo que se havia passado nesses anos. – O mesmo fármaco é usado em animais e humanos.

Omitiu dizer que, ao serem escolhidos, esses garotos haviam voltado a ser alimentados. Dormiam num pavilhão em que tinham cobertores, podiam tomar banho duas vezes por semana e comer três vezes ao dia. Olhavam para a câmera, parados ao lado de uma cruz na parede que marcava a curva de crescimento de cada um.

– Poderia crescer uns oito centímetros, talvez mais. A única coisa que têm de fazer é permitir que eu a injete uma vez por dia. Não é mais arriscado que uma pequena alergia... Por que não fala com elas, pelo menos?

– Não há nada que falar.

A irritação que percebeu em sua voz o fez calar a boca.

– Quando chega sua esposa? – quis saber Enzo.

– Em breve – mentiu.

Disse que já se havia comunicado com a esposa e que ela estava ultimando as coisas para a viagem. Tinha que resolver primeiro alguns detalhes em Buenos Aires. A verdade é que não voltara a ligar para ela nem pretendia fazê-lo. Não tinha dúvidas de que os sabujos a vigiavam, e não ia permitir que os trouxesse até seu esconderijo. Enzo saiu sem dar-lhe tempo para uma nova pergunta. A ponto de gritar-lhe que ainda não havia terminado com ele, recordou que Enzo não era um de seus subordinados. Amaldiçoou-se: havia jurado deixar seus interrogatórios de lado, mas era-lhe impossível. A duras penas podia manter uma conversa com membros das raças inferiores sem tratá-los como subordinados. Não havia feito outra coisa durante anos. Quase todos lhe respondiam com total mansidão, sem fitá-lo nos olhos, fracos demais ou apavorados para se revelarem. Apenas uns poucos, os que sabiam que já não tinham esperança, animavam-se a insultá-lo.

Apesar de não ter dado a ninguém sua localização, já havia recebido três convites de colegas que viviam na cidade fazia anos. Convidavam-no para almoçar, para jantar, para recepções, para a chegada ou partida de uns e outros, para encontros de caça e pesca... A vida social de Bariloche era ativa e próspera, todos lhe garantiram que com um mínimo de discrição poderia viver ali pelo tempo que quisesse, sem preocupar-se. Ofereceram conseguir-lhe um lugar seguro para que pudesse continuar suas pesquisas, e até um consultório, se quisesse voltar à prática da medicina. José recusou todos os convites e propostas de seus colegas. Disse não ter certeza ainda de quanto tempo ficaria. Embora se sentisse estranhamente à vontade, sabia que o lógico seria preparar sua fuga para algum país limítrofe. Quanto tempo ia demorar para vazar ou chegar à pessoa errada o rumor de que ele estava escondido no Sul?

– Anos – responderam-lhe, com absoluta tranquilidade.

Nessa pequena cidade turística de oito mil habitantes dedicada ao esqui, mal chegavam notícias da política mundial. Os recém-chegados eram recebidos sem receio e, como europeus, gozavam de uma posição privilegiada. A população argentina também não se interessava em demasia pelo passado dos imigrantes alemães. Para matar o tempo, que era a única coisa que podia matar agora (embora ainda guardasse com nostalgia a correntinha de prata com que assinalava à esquerda ou à direita, indicando aos guardas em que direção conduzir cada prisioneiro), José decidiu dar uma longa caminhada até Bariloche para encontrar-se com dois colegas. Queria saber as novidades da capital. Sabia que a Polícia Federal havia mandado à mídia um comunicado que ordenava sua captura. Da Europa ofereciam uma recompensa de vinte mil marcos. Uma funcionária da embaixada alemã em Assunção afirmava tê-lo visto em Colonia Independencia. Um boato espalhado pela CIA anunciava oculto em Mato Grosso. E choviam as denúncias anônimas: estava casado com uma mulher em Córdoba, com outra (endinheirada) em Santiago del Estero; haviam-no visto subir num ônibus em Corumbá, vacinar gado nos povoados fronteiriços de Chiloé e Pozos de Caldos, perder-se na ponte de pedestres que unia Clorinda e Namawa... Satisfeito por estar caminhando a passo firme para o terreno do mito, guardou a arma debaixo de uma jaqueta de gabardine, depois de assegurar-se de que levava sua única companheira indispensável (uma pastilha de cianureto) no bolso da camisa. Dezenas de vezes havia ensaiado quantos segundos demorava para levá-la à boca: sua velocidade melhorava a cada dia.

– Vou voltar a vê-lo, tio Fritz? – havia perguntado seu filho.

– Em breve – mentiu José.

A nitidez da lembrança surpreendeu-o no meio do caminho arborizado e fresco que conduzia a Bariloche (às vezes passava meses inteiros sem pensar no filho). O rumor da água vinha do lago, misturado ao canto de várias espécies de pássaros. Imitou a melodia de um bando de cotovias. Respirou fundo, limpando os seus pulmões com um ar que não tinha rastros de contaminação. Por um instante imaginou quantos estariam dispostos a matá-lo ao saber que vivia uma existência tão pacífica. Não podia imaginar então que iria ser um perpétuo fugitivo, sem paz até o dia de sua morte. Nem que nos próximos anos iam caçá-lo por toda a América do Sul, sempre pisando nos seus calcanhares... A primeira: um comando de sobreviventes de Auschwitz, em um hotel da tríplice fronteira. A segunda: na selva do Alto Paraná, a cargo de um aventureiro dedicado a assassinar nazistas nos anos do pós-guerra. Muito menos podiam imaginar que ia morrer empobrecido e solitário, afogado em uma praia paulista de Bertioga, nem que seus restos (apenas o crânio, sete peças dentais e alguns ossos) iam ser exumados e enviados para um instituto de medicina paulista. A única coisa que podia prever é que, se o encontrassem, não iam proporcionar-lhe uma morte rápida. Afugentou o temor ao ver Lilith e Tomás montados em suas bicicletas, a um quilômetro de casa. Pedalavam de pé, gritando como selvagens. Ganhavam velocidade a cada metro pelo caminho que descia em direção à casa.

Ao vê-lo, Lilith diminuiu a marcha.

Deixou que seu irmão se afastasse. Em instantes ficaram parados frente a frente.

– E seu carro?

– Eu queria caminhar.

Lilith chutou uma pedrinha que saiu disparada até o lago. Ela estava diferente, havia perdido a desfaçatez. José desviou o olhar das ataduras que levava sobre os joelhos.

– Dói? – perguntou.

– Um pouco.

– Não volte a fazer isso.

– Subir?

– Espiar – disse ele, sem explicar como o sabia.

Feche a boca, pensou Lilith, *e não faça mais perguntas.*

– Por que estava com ataduras aquele homem? – ouviu-se dizer.

– Porque o operaram.

– Quem?

– O vizinho.

– É médico?

– Cirurgião.

– E essa gente que o visita...

– Pacientes.

Esse era o jogo: se ela perguntava, ele respondia. Como se soubesse que era tão inofensiva (Lilith e os que a rodeavam) que até podia saber a verdade. Nessa tarde viu-o em um dos bares do povoado, cercado de estranhos que o escutavam com respeito. Lilith passara as últimas horas colando pequenos cartazes que promoviam a hospedaria em todos os postes de luz. Parou a bicicleta para observá-lo, e não se moveu nem ao ver que Tomás seguia em frente sem esperá-la. José era o único que falava; fitava nos olhos dos que o rodeavam, como um encantador de serpentes. Pouco gesticulava, fazia longas pausas, nas quais, ninguém se atrevia a dizer uma palavra. Até o garçom havia parado para escutá-lo. Minutos depois disse algo que fez todos explodirem numa gargalhada. Colocou o chapéu e deu o último gole numa taça de xerez. De imediato todos se levantaram para saudá-lo, até as mulheres. Lilith viu-o sair do bar com um dos homens, um louro vários anos mais jovem do que ele.

Seguiu-os a uma distância prudente, pedalando devagar.

Duas quadras depois, viu-os numa *pet shop*. Os gestos de respeito do louro eram tão excessivos que o transformavam em uma caricatura. Mesmo à distância, era evidente que mal podia dissimular a ansiedade. Lilith apoiou a bicicleta contra um carro e aproximou-se da vitrine: José estava cumprimentando o dono do local, antes de segui-lo até o fundo.

Entregue a sua curiosidade, Lilith entrou na loja.

Lá dentro, dois *hamsters* corriam desengonçados numa roda. Havia jaulas por todo lado: cachorros, gatos, coelhos, canários... Parou diante de um aquário. Era um local humilde, mas limpo. As vozes chegavam lá do fundo, em alemão. Lilith avançou pelo corredor, silenciosa como um fantasma.

Vá embora, pensou, mas continuou avançando.

Através de uma porta entreaberta viu José olhando o interior de um *freezer* que o dono da loja lhe mostrava.

– Esta noite libero a metade – ouviu o dono dizer.

– Vou precisar do *freezer* completo.

O dono assentiu sem a menor resistência.

– É preciso que tenha cadeado.

O dono assentiu de novo. Lilith teve a impressão de que teria respondido sim a qualquer coisa. A proposta que o louro fizera no dia anterior era boa demais para ser recusada: ofereceu cobrir-lhe todos os gastos fixos que a loja tivesse durante o tempo em que José trabalharia com ele. A única coisa que pediu em troca foi discrição, e que aceitasse todos os pedidos do homem que lhe ia apresentar no dia seguinte. Fiel a sua palavra, o dono dispôs-se a esvaziar o *freezer* na hora, enquanto José escrevia algo num papel que entregou ao louro.

– Tem algum colega no hospital local?

– Vários.

– Peça-lhes que encomendem isto neste telefone. Vai chegar como material médico.

Às costas de Lilith, uma explosão de latidos irrompeu de repente. Latiam de todas as jaulas ao mesmo tempo, com raiva, impotência e desejo, seguindo uma pequinesa no cio que passeava pelo local nos braços de sua dona. Instantes depois, o dono da loja deparou com Lilith no corredor.

– O que faz aqui?

Do interior do pequeno cômodo, José ergueu a vista e viu-a.

– Veio me ver – disse.

O dono voltou à loja. José entregou seu passaporte ao louro, que disse algo mais em alemão antes de despedir-se. Lillith não entendeu uma palavra. Paralisada, esperou que José ficasse sozinho antes de avançar uns passos até ele. José deixou-a aproximar-se, enquanto tirava algumas coisas da maleta.

– Vou pensar que está me seguindo – disse.

– Hoje começo as aulas – respondeu Lilith.

José guardou duas caixas no *freezer*.

– Vai trabalhar aqui?

Assentiu, sem olhar para ela.

– Com as vacas?

– Entre outras coisas.

– Então vai ficar muito tempo.

– Já se cansou de mim? – disse sorrindo (brincar com ela era uma delícia).

Lilith devolveu-lhe o sorriso. José conhecia bem os gestos das crianças, por menores que fossem. Num instante soube que algo havia se passado, mas que tinha conserto.

– Estou pronto para cumprir minha promessa – disse.

– Que promessa?

– Ensinar-lhe... Não era o que queria?

Lilith deu de ombros, mas lhe escapou um sim.

– Podemos nos encontrar.

– Hoje – interrompeu-o sua ninfa anã, para quem a vida era uma urgência infinita. – Depois do jantar.

– Eu te espero.

– Onde?

– No meu quarto.

– Às nove?

– A hora que quiser.

– Às nove, então – disse Lilith.

– Além de Herlitzka... Você tem alguma boneca de plástico?

– Muitas.

– Traga uma. Aquela com que queira começar.

Como explicar-lhe que já não tinha mais Herlitzka? Que era Wakolda que dormia escondida entre os lençóis da cama de sua avó? Minutos depois, rodeada de garotos que cantavam o hino alemão, Lilith não podia pensar em outra coisa... Se havia algo de que tinha certeza nos seus doze anos é que Wakolda não possuía um cabelo de europeia. Precisava reunir coragem para confessar-lhe que dera Herlitzka de presente, que já não tinham um molde. José nunca perdoaria que tivesse dado a boneca de presente depois que ele próprio a salvara da deformidade. Em uma pequena plataforma, o coro do colégio liderava o canto, enquanto a porta-bandeira e sua escolta içavam o pavilhão argentino e o alemão. Abaixo, os demais alunos, professores e diretores do colégio também cantavam divididos em turmas e formados em fila, em estrita ordem de estatura. Lilith havia destronado o mais baixinho por apenas uma cabeça. Resignada a ser raridade, aceitou seu lugar em silêncio. Não ergueu o olhar do chão ao escutar os risos e sussurros pelo tamanho diminuto do seu corpo. Fingia cantar, embora mal soubesse a letra. Logo se animou a olhar o que se passava ao seu redor na metade do hino: percorreu com a vista seus futuros companheiros, detendo-se no mais alto da fila, que era o único que tampouco cantava. Parecia estar tão pouco à vontade no seu corpo quanto Lilith no dela. Tinha pernas de garça e olhos raivosos. Nem sequer levantou o olhar quando o diretor deu-lhes as boas-vindas em alemão.

Quando a solenidade terminou, os inspetores conduziram os alunos até as salas. Lilith viu Tomás afastar-se na direção contrária e sentiu-se mais só do que nunca. Foi apresentada como *a novata* numa sala que tinha apenas dez alunos. Não se animou a perguntar o que havia acontecido com o resto dos alunos que formaram fila com eles lá fora.

– Sua mãe me disse que você não fala alemão, mas entende – disse a professora, depois de apontar para a carteira que ela ocuparia.

Lilith assentiu.

– Então você vai aprender rápido. Este é o grupo que fala espanhol. – A professora olhou para os alunos, antes de perguntar: – Como nos chamamos?

– Grupo em trânsito – disseram todos em alemão precário.

A professora assentiu, sorrindo, e prosseguiu:

– À medida que adquirirem um conhecimento básico do alemão serão transferidos para outro grupo, com o dobro de alunos.

Nesse primeiro dia um grupinho de louros, que se ocupava em dar pontuação às garotas na aula de natação, gritou em coro um *Null!* que a deixou petrificada no meio do piso ladrilhado. A piscina coberta do Primo Capraro tinha uma fileira de degraus em uma das cabeceiras, em frente à escada do trampolim. Ali aguardavam sua vez cinco adolescentes de conformação atlética, gritando com as garotas cada vez mais, assim que as professoras se afastavam o suficiente. Duas peitudas (batizadas com nota nove) empurravam Lilith para que seguisse em frente até o trampolim, enquanto explicavam o jogo, saboreando os detalhes com crueldade. Lilith podia sentir-se orgulhosa, disseram, porque os louros já tinham dado nota dois alguma vez, mas nunca um zero.

José voltou à hospedaria ao anoitecer, quando a lareira e as luzes da casa já estavam acesas. Pelos janelões da sala de estar viu Enzo sentado na escrivaninha, com uma lupa colocada num dos olhos e presa pela testa, pintando os lábios de uma das bonecas de porcelana. Sentadas perto da lareira, Eva costurava uma das peruquinhas louras de linho com a ajuda de Lilith, que ia preparando as mechas. Polo brincava no chão de tábuas de pinho com um trem elétrico. Eram a imagem da felicidade. José contornou a casa devagar, como um predador faminto. Ignorando que estavam sendo observados, nenhum deles ergueu o olhar. Lilith foi a única a perceber um movimento ali fora, entre os pinheiros mais próximos da casa. Apoiou a testa contra o janelão, mas não viu nada além do vento de outono que começava a arrancar as folhas das árvores. Contornou Enzo devagar, parando para olhar a destreza artesanal com que ele pintava o contorno dos lábios da boneca. Eva aumentou o volume do rádio, fez um gesto para que Polo desligasse o trem elétrico: as vozes melodramáticas dos atores de um radioteatro chegavam ao clímax de uma história de traição. Lilith aproveitou a ordem de silêncio para pensar na melhor forma de dizer o que havia decidido horas atrás.

– Papai – disse, quando o programa terminou.

Enzo demorou alguns segundos para levantar a vista de uma sobrancelha que terminava de desenhar, com um arco perfeito.

– Quero fazer o tratamento. Mamãe disse para eu falar com você.

Enzo trocou um olhar com Eva; haviam passado os últimos dias discutindo sobre o tema. Eva estava convencida de que não perdiam nada em tentar. Os dois sabiam o quanto a filha sofria ao ver que crescia a passos de formiga em comparação com a altura que ganhavam os garotos da sua idade.

– Não tenho medo das injeções. Além do mais, não há riscos.

– Sempre há riscos. Embora ela não diga.

– Mas é meu corpo...

– Você é menor de idade.

– E o que tem isso? – rugiu Lilith, furiosa.

– Nós decidimos o que fazer com seu corpo.

Enzo trocou de pincel para fazer a diminuta fileira de dentes. A firmeza com que lhe falou encerrava qualquer discussão. Sentou Lilith sobre suas pernas e pôs o pincel em sua mão esquerda.

– Faça você os dentes.

Com uma carícia, acomodou a lupa nos olhos dela. Era sua maneira de dizer-lhe que tudo ia ficar bem. Lilith pintou as duas paletas frontais com um branco nacarado, sem a firmeza que tinha o traço de Enzo. Faltava apenas meia hora para seu encontro com José, que nesse mesmo instante – na ala de hóspedes – avançava por um corredor na penumbra quando ouviu risos num dos quartos. Deteve-se ao ver Tegai refletida no espelho: Tomás beijava-a com urgência adolescente, uma das mãos entre suas pernas, o vestido de Tegai erguido até a cintura. Ao levantar o olhar, a galesa viu o alemão no espelho do toucador. Empurrou Tomás e continuou fazendo a cama de casal, como se nada houvesse acontecido. Tomás saiu do quarto de imediato, ajeitando a roupa. Desorientado – tão excitado que mal podia caminhar –, afastou-se sem dizer nada. José entreteve-se durante alguns segundos, contemplando o empenho de Tegai em apaziguar o desejo enquanto esticava os lençóis e fechava os botões do vestido.

– Esperamos alguém? – perguntou José.

– Amanhã chega um casal de franceses... O senhor vai jantar no refeitório ou quer que eu leve uma bandeja?

Ele disse que não sem fitá-la e cravou a vista no relógio de pé que havia num canto: eram oito e meia, o tempo justo de tomar um banho para recebê-la. Em seu quarto, Lilith escolheu uma de suas bonecas de plástico mais velhas e arrancou-lhe as pernas e braços. Era uma forma de dizer-lhe que não havia esquecido sua promessa: não via a hora de começar.

Às cinco para as nove escondeu três almofadões debaixo das colchas e modelou-os com a forma do seu corpo. Abriu a janela e saiu pelo beiral que contornava a casa. Embora estivessem no final do verão, ao entardecer a temperatura caía drasticamente. Essa noite estava especialmente fria, com um vento gelado que vinha do Nahuel Huapi. Lilith concentrou-se para não olhar para baixo, o chão estava distante. Tinha uma única mão livre para manter o equilíbrio, na outra levava a boneca de plástico esquartejada. Testou duas janelas da ala esquerda até encontrar uma que estivesse aberta. Era a do banheiro de José. Os vidros estavam embaçados, os azulejos úmidos, havia pegadas que se afastavam pelo piso até desaparecerem. Uma goteira caía ritmicamente, adormecendo o tempo. Lilith parou e respirou fundo, mas ainda assim o ar não foi suficiente. A mistura de medo e excitação havia-lhe detonado um leve ataque de asma.

Não era a primeira vez.

Apoiou-se na borda da banheira até sentir o sangue na cabeça de novo. Avançou uns passos pelo corredor e parou outra vez: era um erro estar ali a essa hora, sem que ninguém soubesse. Quando ia girar nos calcanhares, José apareceu no batente da porta.

– Está atrasada – disse.

Lilith assentiu, petrificada.

– Entre.

Ele se afastou, liberando-lhe a entrada.

Lilith obedeceu.

Lá dentro, o perfume era ainda mais forte que no corredor. Doce e enjoativo. José pôs sua maleta sobre a escrivaninha e preparou as ferramentas para o que iam fazer: fio, arame, agulha, pinça, bisturi. Tinha tudo, até ataduras e álcool, como se fosse um ser vivente e não um pedaço de plástico.

– Trouxe-a?

Lilith apoiou sobre a cama os pedaços da boneca de plástico. Arrumou-os sobre a escrivaninha como as peças resolvidas de um quebra-cabeças.

– Alguma vez costurou algo?

– Nunca.

– Hoje vai aprender.

Abriu a tampa da escrivaninha e tirou o punhal com o duplo S e o emblema em alemão. Lilith apontou um símbolo que já tinha visto nas fotos escolares de sua mãe.

– O que é isso?

– Uma letra do alfabeto grego... A cruz gamada.

Cortou dois pedaços de arame com um corte preciso, que enfiou em cada agulha.

– Os quatro ramos indicam as possibilidades que tem todo mortal: alcançar a libertação, ir para o inferno, renascer como um homem ou renascer como um ser inferior.

Lilith aceitou uma agulha, olhando para o emblema.

– E o que diz aqui?

José leu a inscrição em alemão e a repetiu em espanhol:

– O sangue é honra.

– O que tem a ver o sangue com a honra?

– A mistura impurifica o sangue e destrói a memória.

– Meu sangue é puro?

Após uns instantes de silêncio, nos quais considerou explicar-lhe as consequências que a mistura provocava em seu corpo, José pegou uma agulha e um dos braços.

– Não – disse.

Fez sinal a Lilith para que pegasse uma perna e o torso.

– Cada agulhada tem de ser um círculo imaginário: entra no plástico, assim, e sai por este outro lado... Vê? Como uma dança. Sem parar. Uma agulhada, outra e mais outra... Agora você.

Não era tão fácil como parecia ao vê-lo manobrar a agulha como uma varinha mágica. Lilith ficou atrapalhada com o plástico na primeira vez, fez um nó com o arame na segunda e furou a ponta do polegar na terceira. Soltou a agulha com um gritinho de dor e levou o dedo à boca. José deteve-a antes que sua língua tocasse a gota de sangue que já estava ali coroando o dedo, vermelha e perfeita.

– Não há nada mais misterioso do que o sangue – disse, segurando-lhe firme a mão enquanto a gota crescia. – Paracelso considerava o sangue uma condensação da luz.

Apertou-lhe o pulso como se quisesse asfixiá-la. Lilith pensou que havia algo faminto em seu olhar, algo que a fez pensar nas histórias de vampiros. Mas, embora lhe doesse, não pediu que ele a soltasse.

– O que há para recordar? – perguntou.

– Como?

– Acabou de dizer que a mistura destrói a memória...

– Sim.

– O que há para recordar?

– Quem éramos.

– Quando?

– No princípio.

– Princípio de quê?

– De tudo.

Soltou-lhe a mão. Lilith levou o dedo à boca e sugou. Seu sangue era quente e doce. Apertou o dedo contra seu palato alguns segundos antes de perguntar:

– Quem éramos?

– *Sonnenmenschen.*

– Sonnen...

– ...*menschen.*

– O que é isso?

– Os *homens-sol*, os *homens-deus*, o *homem-mago*.

– Uma espécie de *super-homem*.

José sorriu.

– Algo assim.

Lilith pegou a agulha de novo.

– Acho que você está um pouquinho louco – disse.

Cravou a agulha no plástico. Pela primeira vez obteve uma agulhada decente. Em cinco minutos costurou a perna ao tronco. A operação estava longe de ser perfeita: a boneca tinha um pedaço da coxa mutilado. A rigidez com que havia costurado os dois pedaços não lhe permitia mover-se um milímetro sequer (antes podia dar um giro completo). As agulhadas eram demasiado visíveis, e estavam todas em locais diferentes. De seu dedo fluía outra gota de sangue, como se a minúscula ferida resistisse a cicatrizar. José não pôde mais resistir. Abriu a gaveta, tirou o caderno negro e enfiou a mão até o fundo. Pôs uma caixinha de couro sobre a escrivaninha. No seu interior havia pipetas e pequenas plaquetas de vidro de três centímetros de comprimento e dois de largura.

– Posso?

Sem esperar resposta, ele agarrou-lhe a mão de novo.

Lilith permitiu. Algo lhe disse que não adiantava resistir. Mesmo se resistisse, José teria agarrado seu polegar para apoiá-lo contra uma das plaquetas. Deixou a gota de sangue sobre a superfície de vidro, voltou-a e tratou de pôr outra plaqueta em cima. Seu sangue ficou esmagado no meio. – Para que isso? – sussurrou Lilith.

– Uma amostra. Para ver quanto mais você pode crescer.

Lilith observou-o em silêncio, enquanto guardava a plaqueta de vidro em seu lugar, depois de rotulá-la com um L. José abriu o caderno em uma página que havia marcado. Fez uma anotação veloz e voltou a fechá-lo. Lilith não desviou a vista do caderno.

– Para que são esses desenhos?

– Quais?

– Os de seu caderno.

Não aguentava mais a curiosidade. Embora não pudesse explicar como o havia visto, porque ele nunca saía do seu quarto sem fechar a porta a chave. E o caderno não saía de entre essas quatro paredes.

– Como sabe que tem desenhos nele?

Lilith fez uma pausa.

– Eu os vi.

– Tem a chave deste quarto?

– Não.

– Não entrou, então?

Lilith apontou com a cabeça para a janela, sem deixar de encará-lo. *Valente*, pensou José, encantado com seu arrojo. Haveria tempo para puni-la mais adiante.

– O que você viu?

– Vi todos nós... Minha família.

Num mero piscar de olhos fez a mesma constatação que Lilith fizera dias antes: se sua amiguinha abrisse a boca, estaria fora da casa no dia seguinte. Por algum motivo ela guardara segredo. E estava ali com ele, a essas horas da noite. Agora entendia sua perturbação dos últimos dias.

– Gosto de desenhar pessoas que conheço.

– Para quê?

– Para entendê-las.

– Por isso anota as medidas, os quilos...?

– Os poetas escrevem o que veem, os pintores pintam-o, e eu peso e meço tudo que me interessa.

– Nós o interessamos?

– Só você.

Lilith enrubesceu, estava naquela idade em que podia ser convencida de qualquer coisa.

– Você é que me interessa.

– Por quê?

– Porque é diferente.

Ela não se animou a perguntar mais.

Abraçou a boneca de plástico. Tinha que se aferrar a alguma coisa conhecida.

– Quer que eu me vá ou que fique?

– Quero que fique.

– Sabe que se você contar nossos segredos terei que ir embora...

– Não vou contar nada.

Dizia a verdade: ao menos por um tempo ia ficar de boca fechada. E ele não precisava de muito mais do que isso. Segundos depois, Lilith caminhava de volta ao seu quarto por um corredor escuro. Não podia pensar em outra coisa senão no hóspede que agora vivia sob seu mesmo teto. Nunca nada havia se fixado tanto nela.

7

Acostumada às zombarias, sussurros e risadas que sua diminuta estatura, Lilith passava as tardes na biblioteca. Não voltou a ter aulas de natação ou de educação física, nem sequer perambulava pelo pátio durante o recreio. Os corredores silenciosos abarrotados de livros eram o único recanto onde se sentia segura. A cada vez que soava a campainha ela caminhava em passos rápidos e escondia-se em sua toca. Se ouvia assovios ou apelidos (anã albina era o principal), afastava-se, a cabeça afundada nos ombros. A bibliotecária não tardou em oferecer um trabalho: tirar a poeira das dezenas de volumes que se empilhavam sem nenhuma ordem. Nos anos em que a escola fechou as portas, durante a guerra, esses livros tinham permanecido guardados nos desvãos de diversos habitantes ilustres da cidade. Recém-instalada a escola na sede nova, a bibliotecária estava levando a cabo um trabalho faraônico: classificar centenas de livros, rotulá-los e criar um catálogo. Para Lilith foi a desculpa perfeita para desaparecer do pátio. Em troca, podia levar os exemplares que quisesse para casa, pois o caos era muito grande para que alguém notasse esses pequenos desfalques. Numa dessas tardes, enquanto buscava a palavra *sonnenmenschen* num dicionário alemão-espanhol, viu, entre as dezenas de livros velhos que se amontoavam numa estante, o garoto de olhos raivosos de sua turma. A professora havia-se encarregado de apresentar-lhe um a um os seus colegas. O Pernas de Garça chamava-se Otto e não se preocupava em falar com ninguém. Estava parado no corredor seguinte, arrancando as páginas de um livro em tiras, que depois rasgava em pedaços cada vez menores antes de guardá-los nos bolsos da calça. Em instantes destroçou um livro e pegou outro. Lilith observou-o, intrigada. Mais de uma vez havia-o visto perambular pelos corredores em passo rápido. A cada vez surpreendia-o olhando-a, mas Otto nunca tentava falar com ela. Aproximou-se alguns passos para ver que livro estava rasgando. O movimento fez com que Otto erguesse a vista. Lilith desviou o olhar até o dicionário e fingiu absoluta concentração, mas um segundo depois Otto cruzou o corredor. Caminhou até ela para ver que livro tinha nas mãos.

– O que procura? – perguntou, ao ver que era um dicionário.

– *Sonnen... mens...*

– *Sonnenmenschen*. Não vai encontrar aí.

Virou-se ao final do corredor, ao ver que Lilith não o seguia.

– Venha – ordenou.

Otto caminhou até um canto da biblioteca, que parecia conhecer de memória. Deteve-se no corredor mais afastado de todos, o único que Lilith nunca havia visitado. Procurou um minuto inteiro até encontrar um livro de capa dura coberto de poeira: *A raça futura*, de Edward Litton. Passou as páginas até encontrar um capítulo que se chamava *Sonnenmenschen: os homens-sol*. Uma ilustração mostrava um homem mais alto que o normal, uma espécie de adônis ariano. Parado atrás de Lilith (quase três cabeças mais alto que ela, porém a anos-luz de aproximar-se da pureza ariana), Otto sorriu com uma careta carregada de cinismo.

– Existiram de verdade? – sussurrou Lilith.

– São tolices.

– Quem disse que são tolices?

O olhar de Lilith desviou-se até os bolsos de sua calça.

– Por que faz isso? – perguntou.

– Você sabe o que está se passando no mundo?

– O que está se passando?

Fazia dias que Otto não pensava em outra coisa que não fosse sua nova colega. Era a pessoa mais estranha que já tinha visto. Soube que dizia a verdade: não tinha a menor ideia do que se passava.

– Seus pais são alemães?

– Meus avós – disse Lilith.

Sem dizer mais nada, Otto lhe deu o livro *A raça futura*.

– Leia-o antes que eu pegue.

Empurrou os pedaços de livro até o fundo dos bolsos de sua calça, curvando-se meio metro para fitá-la nos olhos.

– E por favor fique de boca fechada.

Nessa noite, escondida debaixo das cobertas, Lilith leu de um fôlego só o livro dado por Otto, uma novelinha que descrevia com detalhes insólitos uma espécie de homens nórdicos que chegaram aos altiplanos andinos como representantes de uma civilização especial. *A porta do sol de Tiahuancau* e *O retorno dos bruxos* pareceram-lhe tão enigmáticos que nem sequer chegou a entendê-los. Muito menos os livros de Helena Blavatsky, Guido Von List, Rudolf Sebottendorf e Churchward. Mas nunca ia esquecer-se desses nomes, justamente porque a bibliotecária lhe pediu que os separasse do resto para guardá-los em uma das estantes mais altas. Lilith intuiu de imediato que era o setor dos livros proibidos. Esse ordenamento foi o seu guia de literatura: tudo que tiravam de circulação passava primeiro por suas mãos. Para entendê-los, levava também um dicionário de espanhol-alemão que foi sua bússola nas longas noites que passou submersa debaixo das cobertas. Sua dedicação foi tão extrema que em menos de um mês já entendia o sentido geral de uma frase, embora se lhe escapassem as sutilezas. Em sua segunda visita secreta ao quarto de José levou o dicionário no bolso e dedicou-se a traduzir dois títulos que encabeçavam uma árvore genealógica na primeira página do caderno negro. Um organograma repleto de setas e números. A primeira palavra que buscou, sublinhada com mais veemência que nenhuma outra, foi *Endlosung* (solução final). As seguintes foram *Aussiedlung* (evacuação) e *Sonderbehandlung* (tratamento especial). Na segunda página do caderno um listrado que extravasava números e nomes ramificava-se debaixo do título *Vernichtung Durch Arbeit* (extermínio mediante trabalho forçado). Na terceira, o título era *Ahnenerbe Forschung und Lehrgemeinschaft* (que Lilith conseguiu traduzir como sociedade para investigação da herança ancestral). O título pareceu-lhe tão estranho que guardou o caderno em seu lugar, certa de que a tradução estava equivocada. Saiu pela janela minutos antes que o Chevrolet aparecesse pelo caminho de terra que desembocava na casa. Conhecia de memória as rotinas do alemão. Muito a intrigava que mal dormisse à noite, imaginando hipóteses sobre sua origem e seu próximo destino.

José não entendia por que estava tão entusiasmado com a possibilidade de fazer bonecas. Havia posto na cabeça a ideia de desenhar um molde perfeito, uma entre outras obsessões que mal o deixavam dormir. Afinal de contas era um passatempo inofensivo, uma maneira de continuar experimentando para conseguir formas perfeitas. Nunca pudera esperar sem fazer nada, e isso era a única coisa que podia fazer agora (esperar). No dia anterior havia caminhado por longo tempo entre as gôndolas de uma loja de brinquedos. Tudo que ali se exibia era medíocre. Em sua caminhada pelo povoado parou de novo no Juizado de Paz, onde trabalhava um colega que se ofereceu para ajudá-lo no que necessitasse. Mas o pedido de José (um lugar para fazer moldes de porcelana) não poderia ter-lhe soado mais insólito.

– Posso perguntar para quê?

– Bonecas.

O homem assentiu, convencido de que por trás de seu interesse estava o verdadeiro motivo (contrabando de algo: dinheiro, joias, documentos).

– Dê-me alguns dias – disse.

José saiu para a rua sem dizer mais nada. Enquanto se dirigia de volta àquela que começava a considerar sua casa, convenceu-se de que havia chegado o momento de avançar. Dois meses depois de abrir a pequena hospedaria em frente ao lago Nahuel Huapi, a família havia-se acostumado a viver com hóspedes na casa. O alemão era o mais silencioso de todos. Algumas noites os hóspedes ceavam juntos, e ele era o único que se mantinha em mesa separada.

Havia conseguido aquilo a que se propunha: passar despercebido.

Estacionou o Chevrolet entre outros três carros de estranhos e caminhou até a oficina de Enzo, que era na realidade um quartinho no fundo da garagem. Pelas janelas observou-o verter porcelana líquida em um molde de metal com espaço para a cabeça, o corpo, as pernas e braços. A seu lado, Tomás estava polindo com uma meia de náilon uma cabeça de porcelana recém-forneada, para dar suavidade a sua pele. Pediu permissão para entrar e perambulou olhando os desenhos de dedos e pescoços articuláveis que pendiam das paredes.

– Não sabia que se dedicava a isto – disse.

Mentia: não era a primeira vez que o observava trabalhar. Tinha-o espiado umas dez vezes, e foi assim (vendo-o modelar os corpos de porcelana) que concebeu a ideia de que essas bonecas deviam ser aperfeiçoadas e produzidas em massa. Mas justamente agora tinha uma proposta concreta para fazer-lhe.

– É um passatempo, nada mais.

– Isto é mais que um passatempo. Aqui existe talento...

A oficina era o mundo particular de Enzo. Sobre a bancada havia pinças e pincéis, bem como bisturis. Pinturas, recipientes de porcelana, pernas e braços soltos, um par de cabeças amontoadas... Abriu a porta de um forno de ladrilhos que havia construído com a ajuda do filho: só havia lugar para dois moldes. Calçou luvas de amianto antes de retirar o molde que estava no forno.

– Cuidado que está fervendo.

Tomás saiu da frente. Enzo apoiou o molde sobre a bancada e abriu-o com extremo cuidado. Dentro estavam a cabeça, o corpo, as pernas e os braços de uma boneca, perfeitamente forneados. Enzo sorriu, entusiasmado como uma criança. Foi unindo os membros, colando uns a outros com porcelana líquida, ante o olhar atento de José.

– Você poderia ter sido um bom cirurgião, Enzo.

José também sorria, e dessa vez seu entusiasmo não era fingido.

– Quantas faz por semana? – perguntou.

– Poucas, duas ou três.

– E por quanto as vende?

Enzo não pôde evitar de enrubescer. Tinha pudor em sequer pensar em pôr-lhes um preço. Apesar do tempo que lhes dedicava, sabia que as bonecas tinham um acabamento amador, pela precariedade de seus recursos.

– Para quem vou vendê-las? Eu as dou de presente...

– Não deveria.

Tomás ergueu o olhar do corpo que estava polindo, espantado pela veemência do comentário.

– São obras de arte, não bugingangas. Se as vendesse pelo valor que têm, seriam compradas a qualquer preço... Não há bonecas como estas em Bariloche.

Apontou uma das tantas ilustrações coladas nas paredes: olhos de vidro móveis, sustentados por uma estrutura de ferro no interior de uma cabeça de porcelana.

– E isso?

– Delírios que nunca irei realizar – disse Enzo.

José farejou resignação por trás da frase espirituosa. O pai de Lilith era muito mais talentoso do que acreditava. Não só com a porcelana, era hábil com todas as artes manuais. Sua especialidade era a mecânica, os motores apaixonavam-no. Passava horas inventando objetos que não se animava a mostrar a ninguém. José esperou que ele enfiasse o corpo recém-armado no forno para um último choque de calor.

– Nunca pensou em produzi-las em massa? Podia fazer dezenas de bonecas iguais, tornar realidade seus desenhos.

– Isso é caríssimo – disse Enzo.

José sorriu com a calma de um toureiro que se prepara para a estocada final.

– Não se encontrar um investidor.

– Quem é que vai querer...?

– Eu – interrompeu José.

Tomás trocou um olhar com o pai, ambos igualmente surpreendidos. José pegou a maleta e o chapéu.

– Estou-lhe propondo um bom negócio, Enzo. Pense nisso.

Saiu da oficina sem uma palavra a mais. Haveria tempo para convencê-lo, sem pressa. Embora pelo brilho que viu nos olhos de Enzo ao escutar sua proposta talvez já tivesse mordido a isca. No melhor dos humores, José assoviou pelos duzentos metros que separavam a oficina da hospedaria. Recusou um ou dois convites para jantar com os outros hóspedes e sentou-se a uma mesa afastada da galeria. Luned aproximou-se com um risoto de cogumelos e um entusiasmo desmedido pelo prato do dia.

– Tem certeza de que não quer provar o cordeirinho? É carne muito tenra, que vai desmanchar na boca...

Era uma galesa sem nenhuma graça, tímida e rechonchuda, com as mãos sempre úmidas. José preferia não pensar que era ela quem cozinhava. Recusou sem fitá-la e, quinze minutos depois, dispôs-se a tomar um chá digestivo na galeria que dava para o campo. Escutou a risada de Lilith antes de vê-la sair da escuridão, correndo atrás de dois pirilampos. Perseguiu um até capturá-lo (ainda oscilava entre ser menina ou mulher). José observou-a acomodando-se em uma cadeirinha de ferro que rangia a cada vaivém. Sentou-se a seu lado para ver o bichinho encerrado entre as palmas das mãos de Lilith.

– É fêmea – disse José.

– Como sabe?

– Pelo tamanho... Sabe por que se iluminam?

Lilith disse que não, sem tirar a vista de sua presa.

– Para atrair os machos que sobrevoam. Caso se sintam ameaçadas, desativam a luz. Abra um pouquinho...

Lilith entreabriu as mãos um centímetro. Sem pedir permissão, José afundou o dedo indicador na caverninha escura que funcionava como uma prisão para o pirilampo. Apertou-o contra a palma esquerda de Lilith, que aguentou as cócegas – mescla de prazer e asco – com estoicismo. Num instante, o pirilampo apagou-se.

– Viu?

– Como fazem?

– Bioluminescência. Debaixo desta cutícula têm um órgão especial que gera luz.

– Está me enganando?

– Por que iria enganá-la?

– Ninguém pode saber tudo.

Lilith fechou as palmas, mas José não tirou o dedo do interior.

– O que acontece se vem o macho? – perguntou.

– Eles se acasalam. A fêmea põe os ovos fertilizados debaixo da superfície da terra. Quatro semanas depois nascem as larvas. São chamadas gusanos de luz... Alimentam-se de caracóis e babosas, paralisando-os com um fluido que digere o corpo do molusco e sugam seu alimento.

– É nojento.

– Não muito diferente do que você fez.

– Eu tomava leite.

– E os gusanos purê de babosa...

Lilith riu, encantada por estar na área do escatológico.

– Eles se alimentam em suas covas até se transformarem em ninfas.

– Que é isso?

– Seu melhor momento. Dura apenas vinte dias.

José retirou o dedo de repente, para que Lilith sentisse a ausência. O pirilampo aproveitou para escapar pelo próprio vão. Perdeu-se na escuridão sem que Lilith conseguisse recapturá-lo.

– E depois? – perguntou.

– Fica adulto, se acasala e morre.

Lilith ficou olhando o buraquinho escuro entre suas palmas fechadas antes de erguer o olhar para ele. Não resistiu à tentação de perguntar-lhe:

– Quanto mais eu poderia crescer?

José sorriu, não contava que fosse tão fácil.

– Com um pouco de ajuda... bastante.

Um mês depois de instalar-se em sua nova rotina, José recebeu a chamada de um dos colegas que trabalhava no hospital local: haviam chegado os hormônios de crescimento. José sabia que o prudente era paralisar toda a atividade, mas preferiu aceitar uma cota de risco em vez de passar meses esperando sua captura. Já tinha potenciais clientes, bezerros, vacas, grávidas com problemas de anemia... Até os pais de Lilith haviam aceitado fazer duas semanas de experiência. Informaram isso à filha na noite anterior ao início.

– Também vou fazer o tratamento – disse Eva.

– Para crescer?

– Para que seu irmão cresça melhor.

– Irmã – disse Lilith.

– O que seja.

Ao ver que Eva se sentia nitidamente melhor graças ao ferro e às vitaminas que lhe havia receitado, José sugeriu-lhe que uma dose mínima do hormônio de crescimento seria muito benéfica para fortalecer os últimos meses de gestação. Mostrou-lhes livros, fotos, estatísticas. Envolveu-a com uma oratória floreada e não se deteve até obter seu consentimento. Enzo recusou-se durante dias, até que seu próprio médico confirmou que a proposta do alemão estava longe de ser uma loucura. Pelo contrário, sugeriu que eles não podiam estar em melhores mãos. Enzo saiu da consulta mais paranoico do que nunca: seu médico era um amigo desde a infância de Lilith, de família alemã. Mais de uma vez tinha-o visto conversando com José – que a esta altura tinha vida social muito mais ativa do que a sua – nos bares do centro. Mas Eva estava decidida e não se animou a contradizê-la. A gravidez deixava-a irritável e cansada. Nessa primeira tarde José reuniu as duas em seu quarto e preparou duas seringas diante de seus narizes. Tirou uma ampola da caixinha com gelo seco em que as transportava e esfregou-a até deixá-la na temperatura ambiente.

– Para que faz isso? – perguntou Lilith.

– Se estiver fria dói mais.

Enquanto enchia a seringa com um líquido incolor e espesso, José surpreendeu-se por estar se preocupando com a dor alheia.

– Com quem começo?

– Comigo – disse Eva.

Deixou que lhe limpasse o braço com um algodão embebido em álcool e aguentou a picada sem queixar-se.

– Pronto.

Eva apertou a bolinha de algodão. Confiava nele. Fazia duas semanas que se sentia melhor graças às vitaminas. Havia começado a afeiçoar-se ao alemão, que não podia ser mais doce com seus filhos. Mais de uma vez ofereceu-se para buscá-los no colégio, que ficava a quatro quadras da *pet shop*. Os dois garotos pelejavam por sua atenção.

Quanto a Lilith, a coisa era outra.

Essa primeira pulsão erótica tinha-a fascinado: o olhar do alemão sobre seu corpo derretia-a. Deixou que lhe abrisse um botão do vestido ante o olhar atento de sua mãe.

– Nela eu vou aplicar na barriga.

Com a ponta do dedo indicador e o polegar fez um rolinho de pele, sobre o qual passou o algodão umedecido.

– Vai sentir uma picadinha, como uma alfinetada...

Antes de terminar a frase já havia introduzido a agulha.

– Doeu?

– Nada.

– Eu lhe disse.

Ele a fez parar diante do batente da porta, pôs uma régua sobre sua cabeça. Pediu permissão a Eva para deixar uma pequena marca no batente com a qual iriam controlando o crescimento. Mediu a altura de Lilith.

– Hoje você mede isso – disse, assinalando a diminuta marca sobre a madeira. – Veremos quanto vai medir dentro de um mês.

– E se eu não crescer nada?

– A base de tudo é a fé – disse José.

Semanas depois, uma das vacas na qual havia administrado doses altíssimas de hormônio desde a metade da gravidez deu à luz bezerros gêmeos perfeitamente saudáveis. O rumor correu entre a gente do campo, e foram vários os que abriram as portas para ao veterinário alemão. O que ninguém dizia é que, além de vacinar o gado, por uns francos suíços muitos deles aceitaram vender amostras de sangue de suas mulheres e filhas grávidas. José havia voltado às estatísticas e não podia ocultar seu bom humor.

PARTE DOIS
WAKOLDA

8

Mais perto da intoxicação que do enamoramento, Lilith não voltou a sentir-se bem até que submergiu de cabeça no lago no dia seguinte. Eram os últimos dias cálidos do outono, as folhas já haviam mudado de cor. Mergulhada na água gelada do Nahuel Huapi, Lilith deu dois saltos e giros ao sentir seus músculos intumescidos. Dançou como uma sereia (ali abaixo seu corpo era perfeito). Na quinta vez em que atravessou a superfície viu José sentado no cais, observando-a. Havia levado uma cadeirinha e uma sombrinha até a borda. Ela se aproximou correndo até ele pela margem, o traje de banho colado contra um corpo que já começava a ganhar curvas para deixar a menina para trás. Era um pequeno modelo de tonicidade. Seus dentes tremiam e tinha os mamilos duros. Ao ver o desejo no olhar do alemão, arqueou as costas o mais que pôde, como se quisesse exibir-se para ele. Era a primeira vez que o olhar de um homem a fazia sentir-se assim.

– Quer nadar comigo?

– Não gosto da água.

– Conheceu os hóspedes novos?

– Há pouco.

– Como são?

– Franceses – disse, como toda a resposta.

Haviam chegado essa manhã, um casal de narizes aquilinos.

Viajavam fazia um ano pela Patagônia com uma câmera de cinema nos ombros. José empalideceu ao vê-los essa madrugada no refeitório da sala de estar; de banho tomado, com a pele curtida pelo sol e o vento, o homem limpava a lente da câmera enquanto a mulher tinha as mãos enfiadas num saco preto de lona. Explicou-lhe que era uma espécie de quarto escuro portátil, no qual retiravam do carretel o material que haviam filmado para guardá-lo dentro de uma lata que era vedada com fita crepe. Seu plano era documentar toda a América do Sul antes de empreender a viagem de volta. Já tinham mais de 30 latas de material filmado, que iam despachando para uma caixa de correios em Buenos Aires.

– São tempos para se ficar longe da Europa – disse o homem.

Vinham de Ushuaia. Tinham viajado seis meses até o extremo sul do Chile, e dali atravessaram para a Argentina. Tinham duas câmeras fotográficas. Além das paisagens, fotografavam pessoas encontradas no caminho.

– Desde que nos permitam.

– Não gosto de fotos – interrompeu José.

Era só o que lhe faltava: dois imbecis carregados de câmeras e boas intenções. Não falou mais que o indispensável e aproveitou a primeira pausa para escapar até o cais. O francês não insistiu. Sabia que não eram tempos para se fazerem perguntas, mas era um provocador profissional, e o sotaque alemão havia-o irritado no ato.

Nesse dia, Enzo mandou comprar um cabrito para festejar o aniversário do filho mais novo. Foi assado em fogo lento, com um molho encorpado que inundou a casa com seu aroma. Enzo não aceitava o vegetarianismo do alemão, que lhe parecia quase uma doença (ou vício maléfico) que podia ser corrigida com bons pratos carnívoros. Os franceses dominaram a conversa com um copioso anedotário, permitindo que José cuspisse disfarçadamente dois pedaços de cabrito mastigados que jogou debaixo da mesa, e que o mastim inglês devorou instantes depois (lambeu a coisa até não deixar vestígios). José mal tolerava o tom fanhoso do francês, seu riso exagerado, a falsa humildade com que contou ter escalado vulcões, montanhas e geleiras, percorrido o rio Amazonas, vivido em leprosários, escapado de uma avalanche nas cercanias das salinas de Cuzco, resgatado uma dúzia de trabalhadores no desmoronamento de uma mina de ouro boliviana... Farto de tanto heroísmo exagerado, José estava a ponto de levantar-se para ir ao banheiro quando um novo rumo na conversa o fez permanecer onde estava.

– Verdadeiros campos de concentração – ouviu o francês dizer. – Tinham cercas de arame farpado com três metros de altura, com centenas de mapuches morrendo de fome por falta do que comer...

– Eu não sabia – disse Enzo.

Olhou para Eva, desconcertado.

– Já tinha ouvido falar disso?

– Nunca.

– De que ano eram?

– De 1879. O bisavô de minha mulher era galês. Escreveu tudo isso em suas memórias. Viemos até aqui para fotografar as ruínas desses campos... Depois da campanha e da derrota indígena, entrou em ação a polícia de fronteira: a cada vez que encontravam uma família indígena, deportavam-na para outro território... Fala-se de entre dez e vinte mil índios que passaram por esses campos de concentração. Tiveram até que improvisar dois cemitérios especiais em 79. Isso lhes dá uma ideia da magnitude do que se passou. A outra política era impedir nascimentos no grupo. Separavam as mulheres dos homens, as crianças de seus pais, mudavam seus nomes... Muitos sabem que têm ascendência índia, mas não podem reconstruir sua história familiar porque batizaram seu antepassado de Juan Pérez. A verdade é que a classe dirigente da época dividiu o butim. Até mesmo o diário *El Nacional* noticiava vez por outra: "Entrega de índios hoje"... As damas da alta sociedade davam uma voltinha às quartas e sextas no Hotel dos Imigrantes a fim de buscar meninos para presentear e mucamas, cozinheiras e todo tipo de criadas para explorar. Destroçavam famílias sem pestanejar.

– Que horror – sussurrou Eva.

Não se deteve para pensar que muitas das criadas e peões que trabalhavam nessa mesma casa quando ela era pequena descendiam desses filhos que haviam sido arrancados de seus pais décadas atrás. Lilith olhou para os pais para entender se era correto o que o francês contava. Viu seu pai persignar-se em silêncio. José era o único que tinha um esgar estranho na boca, misto de sorriso e desconcerto: não podia crer no que ouvia (afinal, eles não tinham inventado nada).

– A guerra foi feita com o pretexto de proteger os pioneiros nas fronteiras, mas eles não entraram na distribuição. Nem os antigos povoadores das fronteiras nem os índios que restavam... o que se fez foi criar um espaço vazio para grandes proprietários, fazendeiros de Buenos Aires ou capitalistas ingleses. Em 27anos, o Estado deu de presente por uns trocados quase cinquenta milhões de hectares a latifundiários de famílias patrícias.

Quando se levantaram da mesa, todos (menos José) pesavam uns dois quilos a mais, e não era só pelo cabrito que haviam devorado. O francês tinha o talento de incutir culpa em seus ouvintes, fazia-o com verdadeira devoção. Quando se ofereceu para tirar-lhes uma foto diante da casa, Eva e Enzo sentiram um pouco de vergonha por estarem ali, parados sorridentes diante de uma mansão que haviam herdado sem o menor esforço. Reuniram os filhos a seu redor e fizeram-nos retesar as costas. Era uma ocasião importante: a única foto de família. O francês prometeu revelar a foto nesta mesma noite, num quartinho escuro que havia improvisado no banheiro.

Ao ver que ele lhe apontava a câmera, José baixou o queixo, ocultando o rosto debaixo da aba do chapéu. Girou nos calcanhares e recuou até o carro, mastigando raiva. O imbecil bem-intencionado havia-o transformado num fugitivo em sua própria casa: se havia algo que não podia lhe permitir era que andasse mostrando essas fotos quem sabe onde, justo nesse momento em que os sabujos o haviam arrancado do anonimato. Pisou fundo no acelerador, girou para olhar pelo para-brisa traseiro e retrocedeu a toda velocidade pelo caminho de terra que conduzia à saída. Tinha que pensar em algo: seria a primeira e última vez que era ele quem retrocedia. Ao voltar-se para a frente viu Lilith correndo até o carro. Abriu a porta do carona e ela subiu de um salto.

– Vamos.

– O que faz?

– Vou com você – disse, ainda agitada.

– Pediu permissão?

– Não é preciso.

– Lilith...

Virou-se para ele e sorriu.

– Não vou lhe fazer nada, não tenha medo... Vamos.

José não pôde resistir-lhe.

No caminho de terra, Lilith ligou o rádio e girou o dial de um lado para o outro até encontrar um tema de Charlie Parker. José olhou-a de esguelha: odiava essa música de trompetes e saxofones, mas não disse nada. Observou-a desfazendo as duas tranças com os olhos fechados, antes de abrir a janela para assomar a cabeça. Seu cabelo – louro, comprido e solto – enlouqueceu com o vento. Podia sentir seu olhar percorrendo–a. Sentia-se leviana e formosa.

– Gosta de *jazz*? – perguntou José.

– O que é isso?

– Isso que está tocando...

–Ah, não sabia.

Olhou para o lago que se estendia diante deles.

– Sabe que o lago Gutiérrez antes se chamava O olho de Deus em língua tehuelche? E na Terra do Fogo um lago que se chamava Descanso do Horizonte agora se chama Monsenhor Fagnano, que foi o padre que acompanhou as tropas com a cruz.

– Quem lhe disse? – perguntou José, embora já imaginasse.

– O francês.

Teria que fazer algo com esse homem. Com urgência. Antes que estragasse a cabeça de sua pequena aluna.

– Aonde vamos?

– Ver um monumento.

– No povoado?

– Não, um pouco mais longe.

Dobrou pela avenida principal em direção ao Hotel Llao--Llao. Tinha indicações precisas: percorrer 25 quilômetros até a Villa Tacul. Foi uma das primeiras perguntas que fez aos colegas que o receberam (se o *bunker* existia). Haviam-no erguido dez anos atrás nas margens do Nahuel Huapi, 28 quilômetros a leste de Bariloche. Isso permitia um fácil acesso por água, em barcos de grande calado. Esse refúgio patagônico era então para ele um ponto no mapa num recanto afastado do mundo, e não uma geografia real como a que habitava agora. Disseram-lhe que existia, embora apenas os restos do que havia sido: dois anos antes, sessenta unidades do exército argentino haviam-no dinamitado durante a noite. A explosão foi ouvida no povoado. Um estrondo considerável que sacudiu as camas em que dormiam os habitantes de Bariloche. Na madrugada seguinte a nuvem de fumaça, negra e espessa, podia ser vista à distância. Assim, em um par de horas, terminaram com um dos refúgios secretos construídos pelos alemães para a retirada do Império.

Se planeja visitá-lo, é bom que vá depressa, disseram-lhe.

Corria o boato de que planejavam eliminar até as ruínas. A ordem viera de cima: queriam apagar as pegadas.

– Quanto falta? – perguntou Lilith.

– Estamos quase chegando.

Em Villa Tacul dobrou à direita antes de entrar no povoado, e avançou pouco mais de mil metros até a margem do lago. Estavam no meio do nada. Lilith ficou sentada no carro, inquieta. Seus acessos de valentia eram breves. Mas dessa vez a travessura havia-a levado longe demais para sair correndo e submergir nos braços de sua mãe. José desceu do carro e caminhou até a margem. O bosque era espesso. Era incrível imaginar que anos atrás o haviam atravessado com máquinas, homens e cimento para construir o refúgio. Ao virar-se, viu Lilith parada ao lado do carro com os olhos arregalados.

– A partir daqui seguimos a pé – disse.

Avançou até o bosque, certo de que ela ia segui-lo tal como um cachorro obediente segue seu dono, mesmo quando fareja perigo. Afastou um galho para que ela pudesse passar.

– Quer ir na frente?

– Não. Atrás.

Um ruído próximo a fez agarrar seu braço. As árvores haviam-se fechado sobre suas cabeças, a luz era mais tênue ali embaixo. José vestia calças largas, mas Lilith apenas um vestido que lhe chegava aos joelhos... em poucos metros já tinha dois arranhões de ramos e espinhos.

– Suba ali – disse José.

Apontou um pedaço de tronco coberto de musgo e girou para oferecer-lhe as costas. Lilith duvidou apenas um instante. Estava longe demais para dizer que queria voltar. E algo na aventura, em estarem ali, sozinhos, a divertia. Subiu nas costas dele. Passou as mãos por cima de seus ombros. José susteve-a, pondo as suas debaixo das coxas de Lilith. Nunca a tivera tão perto nem tão de pernas abertas para ele. Em poucas semanas ia fazer com ela o que quisesse. Mas tinha que manter à distância qualquer tentação que fizesse retroceder a confiança.

– Estamos perdidos? – perguntou Lilith.

– Não. Vamos bem. Não tenha medo.

Podia sentir-lhe o hálito na nuca. Apoiou dois dedos em um vãozinho no final de suas coxas, um pedaço de pele que nenhum homem havia tocado antes.

– Um poeta disse uma vez que o amor é um ato que não se pode realizar sem um cúmplice.

Lilith, que não sabia o que era o cinismo, perguntou:

– Quem é o cúmplice?

– Você.

Continuou avançando mais alguns metros, na direção que lhe haviam indicado. Demorou uns minutos para encontrar o caminho, tão espessa era a vegetação que já havia trepado sobre os restos do *bunker*. Apoiou Lilith sobre um dos pedaços de pedra.

– Chegamos.

Se a havia trazido até aqui é porque sempre tinha odiado a solidão, necessitava de sua corte de bufões, embora na pobreza do presente esta se tivesse reduzido a uma menina, Mas estar parado ali, no desmonte de seus sonhos – só e sem futuro –, alquebrou-o de nostalgia. Deu uns passos, buscando algo mais que os poucos pedaços de pedra que ainda restavam em pé...

Não havia nada.

Observando-o perambular, Lilith intuiu que algo não ia bem, os gestos de José foram-se carregando de impotência e raiva.

– Tenho frio.

Não lhe respondeu. Tinha-a esquecido por completo. Ele caminhou até a margem e apoiou-se em uma das pedras maiores. Murmurava algo, muito baixo, como se estivesse mantendo uma conversa imaginária com alguém que já não estava ali. Ao aproximar-se, Lilith deu-se conta de que cuspia sussurros em alemão, palavras soltas que pareciam insultos.

– Está bem?

Lilith não se animou a tocá-lo, tão imensa era a distância que sentiu de imediato entre eles. Esperou em silêncio, parada a seu lado, até que começou a chuviscar.

– Eu quero ir embora, José.

– Nós vamos quando eu disser.

Não foi a maneira como o disse. Foi o olhar, um instante apenas, de esguelha. Fez seu sangue gelar. Num piscar de olhos deixou de ser o cavalheiro refinado e aristocrático que a tinha deslumbrado. Foi o outro – o assassino mais sádico de todos os tempos –, o que a fez retroceder sobre seus passos e afastar-se até o bosque, sem pensar em que direção ia.

A única coisa que queria era afastar-se dele.

Não conseguiu: em poucos metros sentiu a mão dele sobre seu braço esquerdo. Deteve-a à força e levantou-a, esperneando, raivosa. Pediu perdão. Disse que não devia tê-la tratado assim. Lilith fez força para não chorar na frente dele, mas não pôde evitar. Ele fitou-a, desvalida e terna, parada sobre os restos do Império com as palmas abertas para ele.

– Lilith – falou, saboreando o som.

Deu-se conta de imediato que ele havia tido mulheres, mas não tivera a sua *Lilith*. Sempre o havia fascinado essa outra mulher da qual falava o Gênesis não expurgado, além de Eva.

– Sabe o que quer dizer seu nome?

Para sua surpresa, assentiu e abriu a boca para dizer, sem pausas:

– Um amigo diz que em seu povoado existe uma lenda de uma mulher malvada que se chama Lilith e que mata todos os meninos nascidos de fêmea.

Chorava com mais força do que nunca, mal se reconhecia.

José sorriu.

– De que outra coisa podem nascer?

– Foi o que eu disse, que todos os filhos nascem de fêmea, que a fêmea é mulher e os bebês nascem das mulheres.

– E o que ele respondeu?

– Todos eles na escola disseram que eu era o mal e não voltaram a falar comigo.

Não era a única agressão que havia recebido no Primo Capraro: todos do grupo que falavam espanhol em suas casas estavam na mira dos germânicos... Assim se faziam chamar alguns dos que falavam alemão.

– Se eu lhe contar um segredo, você para de chorar?

Lilith assentiu.

– Faz milhares de anos, os homens eram deuses. Uma raça caída das estrelas, Lúcifer foi um desses deuses. Seu nome significa isso: Luz Mais Bela... Luci-Bel. Havia entrado pela Estrela da Manhã: Vênus. Lilith foi a esposa desse primeiro homem... Sua amada imóvel e eterna.

José omitiu dizer que, ao matar seus filhos, ele ajudou a dar à luz sua própria imortalidade. E que ele estava convencido de que o verdadeiro nome de Adão era Lúcifer.

– Lúcifer não é o demônio?

– Essa é uma mentira do cristianismo.

Secou as lágrimas com as mãos. Uma das tormentas havia passado, a outra estava a ponto de explodir sobre suas cabeças.

– E isto, o que é?

– Um templo.

– Blitzkrieg – disse Lilith.

– Como?

– Há pouco, em frente ao lago, estava repetindo isso... *Blitzkrieg*...

– É o que vem antes do trovão... – disse José, tentando lembrar a palavra.

– Relâmpago.

– Isso. Relâmpago. Guerra relâmpago.

Afastou-se sem dizer mais nada e contornou as ruínas em silêncio. Procurava uma porta, mas não a encontrou. Já não havia ninguém lá dentro (como em seu sonho): as ruínas do *bunker* não eram mais que um par de pedras soltas.

– *Blitzkrieg* – escutou Lilith repetindo às suas costas.

Somente poderiam vencer assim: com uma guerra fulminante e curta. Mil vezes havia-se perguntado o que teria se passado se o Führer tivesse invadido a Inglaterra, aprisionado o rei e reinstalado seu irmão no trono... Porque aí começou a tragédia da Segunda Guerra: na crença de que esses eram territórios sagrados, os últimos restos do continente polar desaparecido, e que invadi-los significava a eventual derrubada do Império, porque a Alemanha sem a Inglaterra não podia manter a estabilidade de um Novo Mundo...

Lilith manteve-se distante, observando seu rodeio físico e mental, sem animar-se a dizer que seus ossos doíam por causa do frio. Não pediu nada, nem quando a chuva se despejou de repente sobre suas cabeças. Era a primeira vez que o via assim... Desesperado. Embora não tivesse noção do que significavam essas ruínas, percebia sua importância pelo efeito devastador que o estado do *bunker* havia causado em José.

Durante o regresso não trocaram uma palavra.

Lilith sabia que iam castigá-la por ter desaparecido durante várias horas e sem aviso. Mas não podia pensar nisso. Tudo que haviam feito juntos até esse momento parecia brincadeira de criança.

– Vamos dizer que você me encontrou pelo caminho – disse a metros da casa, olhando o temporal pela janela.

José assentiu em silêncio, concentrado no caminho que apenas adivinhava diante do para-brisa. Nada lhe importava menos que ela e seu drama. Anos depois Lilith continuaria recordando essa viagem como o momento no qual percebeu que o alemão fugia de alguma coisa ou de alguém.

Não foi um castigo, mas sim uma gripe que manteve Lilith trancada em seu quarto durante dias. A febre alcançou os quarenta graus. Sentia cada um de seus ossos e músculos e até o couro cabeludo e as pestanas lhe doíam. Ainda assim, não contou a sua mãe que José havia duplicado a quantidade de hormônios. Fez isso na primeira vez em que Eva a deixou ir sozinha ao quarto do alemão, sobrecarregada que estava pela quantidade de hóspedes que se amontoaram durante um fim de semana prolongado. Lilith viu-o carregar uma ampola inteira na seringa, em lugar da meia ampola habitual.

– Isso é mais do que nos outros dias – disse.

José assentiu, golpeando a seringa com o indicador e o polegar. Não lhe surpreendia que Lilith notasse a diferença: a cada tarde observava-o trabalhar com absoluta atenção.

– A partir de hoje vou lhe dar um pouco mais – respondeu-lhe José. – Para você crescer mais rápido...

Ante o olhar esperançado de Lilith, apoiou o indicador sobre a marca e subiu cinco centímetros.

– Quando chegar até aqui vamos demonstrar que isso funciona.

Llith prometeu não contar nada a seus pais.

Começava a ficar obcecada com sua altura: já não sabia se estava exausta pela febre, pelos produtos químicos ou pela força que fazia para que seu corpo crescesse. Ainda assim, a marquinha sobre o batente de cedro da porta demorou quinze dias para subir dois milímetros. Mais de uma vez ela despertou no meio da noite e atravessou a casa, descalça e sem acender nenhuma luz, para parar contra o batente da porta fechada de José. Um pesadelo recorrente levava-a de volta ao primeiro filme que vira no único cinema do povoado.

– É de terror – tinha-lhe dito Otto ao convidá-la.

Lilith não se animou a confessar-lhe que desconhecia por completo os gêneros cinematográficos. Limitou-se a perguntar o que era isso, o olhar fixo no cartaz que anunciava o filme junto à bilheteria. *Teenage Zombies*, leu escrito em letras de cor vermelho-sangue. Uma adolescente loura gritava olhando para a câmera, encerrada numa jaula.

– Você vai custar a dormir esta noite – resumiu Otto, sorrindo, enquanto se acomodavam nas cadeiras.

Minutos depois o cinema inteiro gritava, enquanto na tela duas adolescentes, capturadas numa ilha por uma cientista louca e um exército de zumbis, eram encerradas em uma cápsula de vidro e gaseificadas para sofrer uma lavagem cerebral. Lilith uniu-se ao grito, eufórica de sentir tanto medo compartilhado, e até agarrou o braço de Otto ao ver que um dos zumbis se atirava em cima da protagonista.

– Para você os zumbis existem? – perguntou-lhe na saída.

– Não – respondeu Otto, embora não soasse convencido.

– Para mim, sim.

O temor imprimiu-se em seu inconsciente. Nos seus pesadelos Lilith despertava sempre que estava a ponto de unir-se ao exército de zumbis. Numa dessas noites, ao abrir os olhos engasgados com um grito mudo, ouviu a música, risos e vozes que chegavam do jardim vizinho. Abraçou Wakolda e abriu a janela: tudo indicava que do outro lado do muro havia uma festa. Tentou ver algo, mas a vegetação era demasiado espessa. Começava a ficar obcecada em adivinhar o que se passava naquela casa... Quem eram essas mulheres e homens que chegavam e partiam em hidroaviões? Por que não saíam durante toda a sua estada? Quem era o dono da casa? O carro negro do vizinho havia passado para buscar José na hospedaria mais de uma vez. O chofer esperava-o com a porta aberta. Lilith conhecia o carro, tinha-o visto entrar e sair da mansão vizinha, vira-o percorrer as ruas de Bariloche... Um movimento a fez olhar para baixo: sentada no peitoril da janela, viu José sair pela porta da ala esquerda, vestido com a mesma elegância de sempre. Estranhamente, em vez de caminhar até o Chevrolet, afastou-se pelo jardim, em direção ao lago. Sem pensar duas vezes, Lilith calçou as botas de chuva e desceu as escadas correndo. Segundos depois, viu a silhueta do alemão caminhando a passo tranquilo por entre os roseirais de sua avó. Parecia saber muito bem aonde ia. Na última barranca que desembocava no Nahuel Huapi, girou à direita e submergiu e desapareceu num bosquete de pinheiros e acácias, tão espesso que ninguém nunca circulava por ali.

Lilith deteve-se na orla do bosque.

Enquanto se convencia a retroceder, seus pés avançaram.

Seguiu os passos de José por uma trilha tão estreita que somente permitia a passagem de um adulto. Estivera ali poucas vezes em sua vida, quando brincava às escondidas com seu irmão. Segundos depois, ouviu que uma porta se abria alguns metros adiante, em outra curva do caminho.

Parou quieta.

José cumprimentou alguém em alemão.

A porta fechou com um rangido, Ao longe, as vozes de dezenas de pessoas cantavam o hino nazista *Horst Wessel Lied.* Lilith conhecia-o de memória: era a canção favorita de vários garotos da escola. Uma banda de música ao vivo uniu-se às vozes. Lilith avançou um pouco mais, até ficar frente a frente com a parede meeira vizinha e a porta de ferro que unia as duas casas. Mal podia ser vista, camuflada atrás da trepadeira do muro.

9

O funcionário alemão do Juizado de Paz não parou até encontrar a fábrica para os moldes de porcelana. Encontrou-a em Trelew, a centenas de quilômetros de Bariloche. Viajou pessoalmente até lá para assegurar-se de que era possível fabricar bonecas com essas máquinas, antes de confirmar a José que havia cumprido sua promessa. Um exaustivo rastreamento entre as famílias endinheiradas da cidade pôs nas mãos do cientista mais admirado do Terceiro Reich a única boneca importada que encontrou nas cercanias do Nahuel Huapi. Já fazia tempo que José sabia que precisavam encontrar outra boneca tão delicada quanto Herlitzka para usá-la como base dos novos moldes. Confirmou isso na noite em que pediu a Lilith que lhe emprestasse sua boneca.

– Para que a quer? – perguntou, sem fitá-lo nos olhos.

– Para usá-la como molde... Vamos convencer seu pai a fazer bonecas perfeitas. E em grande quantidade.

Na tarde seguinte Lilith vestiu Wakolda com um vestido de corte francês (o favorito de Herlitzka). Fez-lhe duas tranças que enrolou com cuidado ao redor de sua cabeça, num penteado tipicamente tirolês que sua avó lhe ensinara. Guardou a roupinha indígena que Yanka lhe entregara e envolveu Wakolda (que continuava sendo a mesma, embora disfarçada de europeia) em uma mantinha. No quarto de José recebeu a injeção sem piscar e esperou que José anotasse a dose diária no caderno preto, antes de abrir os fechos da manta para mostrar-lhe o que trazia escondido no interior. José olhou para o objeto de plástico e madeira. Sorriu, como se não passasse de uma piada.

– O que é isto?

– Wakolda.

– E Herlitzka?

– Ficou na estrada do deserto.

– Você a esqueceu?

– Foi mais uma... troca.

– Você trocou Herlitzka por *isto*?

– Sim.

– Posso perguntar por quê?

– Não sei.

José tirou-lhe o disfarce de europeia. Seu passatempo havia sido destroçado antes de começar: não ia encontrar em Bariloche outra boneca tão perfeita como Herlitzka. Estudou os traços da boneca mapuche. Seus braços e pernas eram de madeira paraíso, mas o corpo era de pano. Pedaços de pano, nem sequer para isso havia servido. Tinha o ventre tão inchado como o da adolescente grávida no deserto. Os traços haviam sido entalhados à mão e eram um cúmulo de imperfeições. Vendo o desprezo com que ele olhava a boneca, Lilith cobriu Wakolda com a manta. José passara os últimos meses lendo sobre os perigos da mistura nos territórios argentinos. Antes que fossem dizimados, os aborígines compunham a terça parte do total dos habitantes do país. Já Sarmiento e Alberdi estavam convencidos de que o sangue europeu melhoraria a qualidade de uma população constituída fundamentalmente por índios e *criollos*. Wakolda era a prova de que não valia a pena perder tempo com criaturas nascidas da mistura.

– Para o molde não vai servir... Talvez sim para brincar um pouquinho.

– Brincar de quê? – perguntou Lilith, embora imaginasse a resposta.

– De transformá-la.

– Não, a ela não.

Saiu do quarto sem permitir que ele pusesse a mão na boneca. José chamou o funcionário do Juizado de Paz no dia seguinte: além da fábrica precisava encontrar uma boneca importada que servisse de molde.

Já havia quase esquecido seu pequeno *hobby* quando o funcionário passou para visitá-lo na *pet shop* na qual trabalhava em meio expediente. Trazia consigo a boneca importada original e seu clone, vestida à imagem e semelhança de sua irmã gêmea. O funcionário havia encarregado sua sogra de arranjar dois vestidos iguais, e encomendara à mais experimentada cabeleireira da cidade uma peruquinha loura feita com os melhores cachos de sua própria filha. O sorriso de José, enquanto examinava o clone de cima a baixo, confirmou-lhe que a operação havia sido um êxito. O funcionário iria recordar esse aperto de mão pelo resto da vida, com mais emoção que o nascimento de seus filhos.

– Deixe-me esclarecer que tudo vai custar uma soma...

– O dinheiro não é importante – interrompeu-o José.

Apoiou as duas bonecas no assento traseiro do carro e ficou parado, olhando-as... Estavam longe de ser o que ele procurava, mas o desafio o fez sentir uma vitalidade que acreditava perdida. Ia trocar a cabeleira de linho por cabelo humano autêntico que implantariam com cera, à mão, com auxílio de uma agulha. Queria pestanas reais, olhos de vidro móveis, dedos e pescoços articulados, roupa feita sob medida. Deu partida no carro, cativado pela possibilidade de que logo fossem dezenas de bonecas iguais, perfeitas em suas dimensões, de cabelos louros e olhos azul-turquesa.

Se tivesse sido tão fácil com as de carne e osso, pensou.

A emoção não lhe permitiu terminar a frase.

Enquanto esperava que Lilith e Tomás saíssem do colégio, descobriu surpreendido que essa boneca era a síntese de todas as suas investigações: a perfeição da espécie imortalizada. Dias antes, parado sobre as ruínas do *bunker*, havia entendido mais que nunca a importância de dar sinais aos seus de que continuavam ali, hibernando... E para isso necessitavam de símbolos que incorporassem a esperança. Quando Lilith subiu para o assento traseiro, seu irmão já estava inspecionando a boneca importada e seu clone no assento dianteiro.

– Qual você diria que é a original?

– Esta – disse Tomás.

Exultante, José disse-lhe que se equivocava. No caminho de volta não deixou de contar-lhe sobre os planos para os quais queria cooptar Enzo. Entardecia quando se deteve diante do portão inviolável do vizinho, oculto em meio à vegetação. Tocou a campainha duas vezes antes que um homem se aproximasse. Ao reconhecê-lo, abriu o portão sem fazer perguntas. Lilith trocou um olhar com o irmão, ao ver que o carro avançava por um caminho bordejado de árvores.

– O que fazemos aqui? – perguntou.

– Tenho que dar um presente a um amigo.

Cinquenta metros mais adiante, parou o carro em frente à casa.

– Desça – ordenou a Tomás.

Foram recebidos por uma mulher vestida de uniforme de enfermeira mesclado com roupa caseira. Sorriu ao ver Lilith, percorrendo-a dos pés à cabeça. José pediu-lhes que esperassem do lado de fora e afastou-se com ela por um interior labiríntico, do qual Lilith conseguiu ver apenas os primeiros cinquenta metros, repletos de portas fechadas. Dez minutos depois, quando saiu, já não tinha o clone da boneca importada. Mas trazia boas notícias: o dono da casa havia comprado uma televisão. E pensava em comprar outra para eles. Era questão de tempo para que os canais de Buenos Aires pudessem ser vistos em Bariloche.

– Ninguém pode viver isolado do mundo – disse, com sua habitual impunidade. – É importante saber o que está acontecendo pelo mundo afora.

De volta à hospedaria, procurou Enzo para contar-lhe as novidades. Agora, além de um investidor, tinha uma proposta concreta a fazer-lhe. Sem preâmbulo, propôs-lhe o trabalho e pediu permissão para contratar a mais robusta das primas de Luned, uma galesa de frases lacônicas que passava o dia a um canto da cozinha, remendando roupas e lençóis numa máquina de costura. José havia notado a sobriedade de seu gosto, que combinava retalhos de pano como se houvesse sido formada numa escola suíça para moças. Quando José lhe explicou que necessitava de alguém que pudesse pôr em prática suas ideias, Enzo animou-se a mostrar-lhe um bracinho articulado no qual estivera trabalhando, com rolamentos na base de cada dedo. Farto de limitar seus dias ao trabalho de manutenção da hospedaria, a proposta entusiasmou-o de imediato. José disse-lhe que pensava em alugar um pequeno local e que gostaria de pô-lo no seu nome. Enzo não perguntou por que ele preferia não aparecer no contrato. Embora farejasse algo estranho, a vida era mais fácil se a gente fingia não ver.

Aceitou.

Foi a primeira vez em sua vida adulta que tomou uma decisão importante sem consultar a mulher. A aliança com José custou-lhe mais do que uma discussão com Eva, que apenas tolerava a nova cumplicidade entre seu marido e o alemão. Agora José jantava com eles a cada noite. O projeto entusiasmava-os tanto que não deixavam de fazer planos nem entre as refeições: louco de entusiasmo por ter encontrado um mecenas disposto a financiar seus inventos, em dois dias Enzo já havia criado um mecanismo de engrenagens para mover os dedos das bonecas, desenhou uns ganchos de ferro para sujeitar os braços e pernas ao tronco e até se animou a pensar opções para o desejo mais insólito de José: que as bonecas tivessem cheiro. Queria um aroma de óleo de amêndoa que se desprendesse de seus corpos ao serem balançadas por suas donas. Quinze dias mais tarde, Eva – que vivia no terreno do concreto – começou a irritar-se. Exigiu de Enzo um cronograma: queria saber quando encomendariam as bonecas, por quanto pensavam em vendê-las e que porcentagem dos ganhos seria para eles. A José, pelo contrário, a única coisa que preocupava era até quando poderia ficar em Bariloche. Fazia anos que a vida no exílio não o mantinha tão entusiasmado. Mas seus colegas começavam a inquietar-se, não deixavam de lhe perguntar quanto tempo mais pensava ficar.

– Duas semanas – repetia.

Era um segredo de polichinelo que o chefe do Mossad havia ordenado suspender sua busca por temor de que uma operação simultânea pusesse em risco a captura de Adolf Eichmann, que ocupava responsabilidades maiores no aparelho de estado nazista. Logo depois então se lançaria a segunda operação. José tinha meia dúzia de informantes reportando-lhe quase diariamente qualquer novidade que precipitasse sua fuga. Já havia estudado todas as variantes de cruzamentos fronteiriços que tinha perto. Vários colegas de absoluta confiança colaborariam com ele quando chegasse o momento.

Não ia deixar que ninguém o apressasse.

Nenhuma das opções lhe parecia tão atrativa quanto a geografia do seu presente. Na noite em que, num bairro periférico da capital, um grupo de homens armados capturava Adolf Eichmann,

José jantava um guisado com sua família postiça, enquanto decidia quantos pares de braços, pernas, tronco e cabeças de plástico encomendaria à fábrica de Trelew. No mesmo instante em que jogavam Eichmann no piso de um carro alugado, José erguia sua taça para brindar:

– Por um negócio que possa prosseguir em sua família.

E acrescentou, após uma pausa dramática:

– Mesmo quando eu não estiver mais com vocês.

– Saúde! – gritou Enzo, o peito inflado de emoção.

– Posso lhe perguntar algo? – interrompeu Eva.

(Era a única que tinha os olhos secos.)

– Por que está fazendo isso?

José lhe sorriu com a calma de um toureiro que se prepara para a estocada final.

– Multiplicar, senhora... É a chave do êxito.

– Multiplicar o quê, com um par de bonecas?

– O gosto pela beleza. Se posso fazer coisas lindas e boas... por que não compartilhar com outros?

Lilith não pôde evitar: suspirou.

Tinha um nó na garganta quando bateu sua taça contra a do homem que a havia hipnotizado. No auge do seu encantamento, a ideia de um futuro sem ele se fazia intolerável. Eva, pelo contrário, pediu permissão para se levantar. Algumas vezes sentia que Enzo era um estranho que mal conhecia. Deitou-se na cama de seus pais, mas nem sequer ali se sentiu protegida. A cumplicidade que ouvia em cada risada de sua família e do hóspede alemão inquietou-a. Na sala de estar, o menor de seus filhos corria entre as cadeiras, tocando notas soltas em uma flauta doce. José seguia-o com a vista, mais alerta que um tubarão. Às oito em ponto, ofereceu ajuda a Enzo para pôr as crianças na cama, enquanto ele terminava de fazer contas sobre a quantidade de bonecas com as quais seria prudente começar o negócio. Sem esperar autorização, levantou o menor nos braços. Um punhado de caramelos importados que trazia no bolso serviu para apaziguar o garoto quando começou a queixar-se: nada mais fácil para conquistar o coração de uma criança.

– Vocês também – ordenou a Lilith e Tomás. – Dormir.

Levantaram-se de imediato, encantados com uma noite que fugia da rotina. Enzo sorriu ao vê-lo sair com seu rebanho, todos mais obedientes do que nunca. Enquanto avançavam para o quarto, o menor esquivou-se de dois tapas de Tomás, que tentava arrancar-lhe a flauta da boca, e tocou um par de notas horríveis usando todo o ar de seus pulmões.

– Quietos – disse José.

E o encantamento funcionou de novo, porque obedeceram. José recordou seus melhores anos durante uns poucos passos no corredor na penumbra, rodeado de crianças. Já não tinha dúvidas: nunca mais iria viver tempos nem remotamente similares. No quarto dos garotos, ordenou-lhes que vestissem seus pijamas. Tomás já tinha pelos sob as axilas. Despiu o menor. Fazia tempo que não tinha entre suas mãos um corpo tão frágil, e alongou o momento, sem se importar que tremesse de frio quando por fim lhe pôs o camisolão e meias de flanela.

– Lê pra mim – ordenou o menor.

Apontou para uma estante repleta de livros. O gesto vago confirmou a José que podia escolher qualquer conto. Passeou a vista até encontrar o que buscava. Na primeira página havia uma ilustração de um homem tocando sua flauta para uma centena de meninos. Leu:

– Há milhares de anos que a aldeia de Hamelin estava infestada de ratos. Um belo dia apareceu um flautista que ofereceu seus serviços aos habitantes: em troca de uma recompensa, ele os livraria da praga. Os aldeões aceitaram e o flautista começou a tocar. Os ratos saíram de suas tocas e começaram a caminhar em direção à música. O flautista foi até a periferia da aldeia e todos os ratos seguiram-no, bailando ao som da música. Ele se dirigiu até o rio e os ratos que o seguiam morreram afogados. Cumprida sua missão, o flautista voltou para reclamar sua recompensa, mas os aldeões recusaram-se a pagar. O caçador de ratos, furioso, buscou vingança. Enquanto os aldeões estavam na igreja, voltou a tocar sua estranha música...

José ergueu a vista: todos dormiam. Ainda assim, leu as últimas frases (detestava deixar as coisas por terminar):

– Desta vez foram as crianças que o seguiram ao compasso da música. Abandonaram o povoado e o flautista foi guiando-os até uma cova. Nunca mais viram as crianças.

O menor tinha sua mão apoiada sobre a perna de José, sem nenhum temor. Estudou as manchas brancas em suas unhas, falta de cálcio. Tinha o polegar deformado pelos anos que passara chupando-o, apertado contra o palato...

O que ia fazer no Paraguai ou no Brasil?, pensou.

Cuba e Equador estavam fora de discussão. Odiava os climas tropicais. Detestava praia, areia e mar (a paisagem em que iria morrer). Porém, mais ainda, detestava a miséria, o que excluía da lista meia dúzia de países terceiro-mundistas. Os ataques de pânico acometiam-no nos momentos em que acreditava estar mais tranquilo.

Fez força para pensar em outra coisa.

Ter sabido que Eichmann havia sido preso teria posto um freio no projeto das bonecas. Mas a captura manteve-se no mais hermético silêncio durante cinco dias, até o desembarque em Israel. Enquanto isso, depois de fazer uma primeira viagem para conhecer a fábrica, certos de que o dono havia entendido os desenhos e a lista de materiais, receberam o comunicado que mais esperavam: a encomenda estava pronta.

Caíram na estrada ao amanhecer, com o objetivo de chegar a Trelew no fim da tarde. Enzo ia ao volante, tão entusiasmado com a aventura que não deixou de contar histórias sobre cada vulcão, povoado, rio, lago e parque nacional por que passaram. No assento traseiro viajava Lilith, que suplicou de joelhos para que a deixassem faltar ao colégio. O plano era não parar, mas a quilômetros de Esquel pararam o carro, quando atravessavam um dos parques nacionais vizinhos à fronteira com o Chile. José ouvira histórias sobre as maiores e mais longevas árvores do mundo: as *Fitzroya cupressoides*, conhecidas como alerces-da-patagônia. Mas nada podia tê-lo preparado para o seu tamanho. Mesmo parada diante das árvores menores do conjunto, Lilith parecia uma formiga. Para abraçar o tronco das maiores eram necessárias doze pessoas de mãos dadas. Alguns exemplares tinham mais de três mil anos.

Estas não são árvores, pensou José, *são monumentos*.

A pureza da espécie comoveu sua sensibilidade psicótica: apoiou as palmas sobre um dos troncos mais antigos e fechou os olhos, impressionado. Enzo teve que pedir-lhe que embarcassem no carro, se quisessem chegar antes do entardecer. Só voltaram a parar no povoado de Los Mártires, para abastecer e esticar as pernas. Agora quem dirigia era José. Enzo havia começado a cabecear de sono em Paso de Indios, no mesmo lugar onde o exército argentino tinha massacrado centenas de tehuelches décadas atrás. Fazia tempo que haviam deixado para trás os bosques tropicais da área de El Bolsón, e o caminho que desembocava em Trelew voltava a ser a mesma planície desabitada da estrada do deserto.

Narcotizada por uma paisagem infinita, Lilith dormiu as últimas horas de viagem esparramada no assento traseiro. Mais de uma vez José flagrou-se olhando pelo espelho retrovisor o corpo inconsciente de sua pequena amiga e perguntando a si mesmo se não seria boa ideia levá-la consigo, como quem rouba um bichinho de estimação para não sentir-se só. Quando os telefones da hospedaria começaram a tocar para alertá-lo sobre a notícia divulgada pela mídia nacional, José já estava a centenas de quilômetros de Bariloche, fazendo apostas sobre a quantidade de cabeças que estariam prontas ao chegar à fábrica.

Cinquenta pares de braços e pernas, cinquenta cabeças e cinquenta torsos receberam-nos quando entraram no salão principal da fábrica, que produzia brinquedos nacionais de segunda linha. O investimento de José, e o contrato que especificou cada item, mais os materiais com que seriam confeccionadas as bonecas, permitiu-lhe comprar uma porcelana importada que nunca antes havia sido usada para outros brinquedos no país. O resultado era visível à distância: as peles pareciam lisas e saudáveis, as cores brilhavam e as formas podiam ser moldadas com sutileza nos detalhes (nas dobras de pele, unhas, lóbulos, lábios, rugas de nascença e mamilos) impensáveis até esse momento. Graças aos desenhos de Enzo, os dedos das mãos, os joelhos e cotovelos eram articuláveis: tinham mais mobilidade que um bebê de carne e osso. O resultado era de um realismo tão esmagador que fazia dos membros esparramados sobre a longa bancada de madeira um espetáculo inquietante.

Lilith parou para observar as vinte mulheres que poliam manualmente os corpos de porcelana. As cabeças eram a peça final de uma cadeia de ajustamento em que o artesanato predominava sobre as máquinas. Com luvas de amianto e compridas pinças metálicas, dois homens encarregavam-se de tirar cada boneca do molde e pendurá-las com ganchos de madeira, alinhadas de maneira simétrica em cinco filas iguais. Passeou diante das cabeças sem olhos, tentando encontrar alguma diferença. Ainda estavam quentes e não tinham nenhuma das imperfeições das bonecas que seu pai fazia. Por entre as cabeças, viu duas operárias costurando à máquina peças idênticas: diminutos vestidos angelicais feitos com a cor exata dos uniformes do Terceiro Reich. Em um canto escuro do salão, dois operários passavam a ferro as peruquinhas louras que outras iam entretecendo manualmente em um craniozinho de náilon. Terminadas as peruquinhas, todas tingidas de louro como havia sido encomendado, empilhavam-se em um cesto de vime. O sorriso de José confirmou a todos que haviam conseguido impressionar o investidor. Pela soma que estivera disposto a pagar a fim de conquistar seu objetivo, não podiam permitir que esse homem saísse da fábrica sem estar satisfeito. Como presente, o dono da fábrica entregou a José uma caixa de madeira com cem diminutos botões de vidro turquesa.

– O que são? – perguntou Lilith.

– Olhos – disse José.

Pôs um botão sobre a palma de sua mão: tinha a pupila marcada. Uma centena de diminutas borbulhas tinha ficado encapsulada no vidro. Eram da cor perfeita, a que havia buscado sem êxito durante anos. O dono fez um sinal a uma de suas operárias para que lhe passasse uma cabeça. Separou os seis membros que formavam cada corpo em um canto da bancada.

– Quer terminar de montar a primeira? – ofereceu.

Como se fosse uma cerimônia, José tirou o paletó, arregaçou as mangas da camisa e colocou as lentes que trazia em um estojo de couro. Todos os rodearam em silêncio. Começou pelas pernas e braços, deixando a cabeça para o final. Cada peça se encaixava ao corpo sem o menor esforço. Uma das exigências de José tinha sido a de que os membros fossem desmontáveis, para que as bonecas pudessem ser despedaçadas por suas futuras donas sem esforço. Os aplausos foram coroados pela aparição de duas garrafas do melhor licor de mel da Patagônia, que o dono mantinha escondidas para ocasiões especiais.

– Amanhã cedo estarão prontas – prometeu.

– Eu as levo desmontadas.

– Como?

– Os pedaços sempre são mais fáceis de transportar.

– Como preferir. De qualquer forma faltam os detalhes.

Apontou para dez empregadas posicionadas no lugar mais privilegiado do salão, debaixo da única janela que banhava de luz a bancada de trabalho. Todas usavam uma lupa mantida sobre o olho direito por uma cinta metálica. Com absoluta concentração, pintavam o contorno dos lábios, sobrancelhas e pestanas.

– Quer alguma marca pessoal? – perguntou o dono da fábrica.

– Como o quê?

– Pintas, marcas de nascença, rubores, cicatrizes, sombras sobre as pálpebras, dentes nas gengivas, tatuagens.

– Nada – interrompeu-o José.

– Olhe que este é o momento...

– Eu as quero limpas.

Na cabeceira, uma operária segurava um dos botões de vidro com uma pinça, prestes a incrustá-lo em seu lugar. Era o invento do qual Enzo mais sentia orgulho, o que as diferenciaria de qualquer outra boneca. No interior de cada cabeça estavam colocadas as duas pinças metálicas que prenderiam os olhos. Uma diminuta alavanca, camuflada entre os cachos dourados de cada boneca à altura da nuca, permitia que os olhos se movessem. José contornou as duas mulheres, seguido de perto pelo dono da fábrica, que voejava ao seu redor como uma mosca.

Inclinou-se sobre a operária da pinça.

– Posso?

A mulher assentiu, sem dizer uma palavra. Levantou-se de imediato e deu um passo atrás. José cedeu o lugar para Enzo.

– É todo seu.

– Tem certeza?

– Claro.

Enzo sentou-se diante da boneca. Estava completa, só faltava colocar-lhe os olhos, selar a cabeça com a segunda metade do crânio e pôr-lhe a peruquinha. Apoiou os olhos de vidro em suas tigelas e ajustou as pinças no interior da cabeça. Uma operária ajudou-o a colar a outra metade da cabeça com porcelana líquida. Segurando a boneca pela nuca, Enzo moveu os olhos de um lado para outro, até que a boneca os olhou pela primeira vez.

– Perfeita – sussurrou José.

Poucas vezes na vida algo o satisfizera tão plenamente numa primeira tentativa. Os êxitos costumavam chegar após dezenas de tentativas frustradas, quando já tinha os tímpanos aturdidos pelos gritos de dor de suas criaturas. Desta vez, pelo contrário, havia sido tão fácil...

10

José encarregou-se de reservar dois aposentos em uma casa de campo nos arredores de Trelew. Como combinaram por telefone com o funcionário do Juizado de Paz, haviam acendido uma tocha na porteira para indicar-lhes o caminho. Era uma estância decadente, com sete bangalôs para hóspedes. Por fora as paredes estavam cobertas de hera. Por dentro, de cabeças empalhadas: cervos, lebres e javalis que eram troféus para seu dono, um austríaco que havia chegado à Argentina na década de 1920. Ainda que José tivesse pedido expressamente que sua identidade fosse mantida no mais estrito anonimato, o fanatismo de seus colegas era o seu pior inimigo: na ânsia de alardear que estavam em contato com ele, eram capazes de tudo, até de pôr em risco sua vida. Esperavam-no com a mesa posta, com a baixela que era reservada para ocasiões especiais. As duas filhas do austríaco haviam sido vestidas como para um casamento. Os sorrisos de boas-vindas da família não eram outra coisa senão a confirmação do rumor: era ele.

– Bem-vindo – disse o austríaco, em péssimo alemão.

A resposta, seca e em castelhano, indicou ao homem que era indispensável manter sob controle sua admiração até que José lhe desse algum sinal. Ele os ajudou a desembarcar as bolsas com os membros de plástico e não fez nenhuma pergunta ao ver as dezenas de pernas e braços que se amontoavam na bolsa que lhe coube carregar.

Os quartos ficavam no final de um corredor que tinha as paredes cobertas de trepadeiras. Lilith esticou o braço para acariciar com a ponta dos dedos as folhas ainda úmidas com o orvalho do entardecer. Mal podia dissimular sua excitação: era a primeira noite em sua vida em que dormia num hotel, sem sua mãe e seus irmãos. O austríaco parou em frente a duas portas contíguas.

– Estes são os aposentos... Quem vai dormir no três?

– Nós, Lilith – disse Enzo.

O quarto não era diferente dos da casa de sua avó, com papel de parede e colchas floridas, móveis de madeira e pisos de pedra. Mas nessa noite era tanta a adrenalina que corria pelo sangue de Lilith que tudo lhe parecia único.

– Posso escolher a cama? – perguntou.

– Claro.

Enzo apoiou a bolsa com as cabeças de plástico diante do armário, enquanto Lilith desmoronava de costas sobre um dos colchões. O austríaco apoiou a bolsa com pernas e braços ao lado das cabeças. Não podia entender o que José fazia carregando bolsas com pedaços de bonecas no meio da noite. Que estivesse acompanhado por esse homem e essa menina só podia ser uma forma de dissimulação para aqueles que procuravam por um homem solitário. Para que outra coisa podia necessitar de um fardo tão pesado?

– A ceia estará pronta em quinze minutos, senhor...

Mengele, esteve a ponto de dizer, mas mordeu a língua. Mal podia crer que iria servir a refeição do cientista mais brilhante do nazismo. Essa simples anedota serviria como chamariz para dezenas de turistas simpatizantes.

AQUI DORMIU

Ia gravar na cabeceira da cama no dia seguinte. Ficou parado no corredor, escutando na penumbra, sem sequer animar-se a respirar. E até foi surpreendido por uma ereção ao escutar que a água escorria da ducha.

Lilith abriu a torneira minutos mais tarde.

Enquanto tirava a roupa, escutou José cantar uma ópera em italiano. Tapou a boca para não soltar uma gargalhada. José uivava, pelejando para alcançar as notas pensadas para um tenor.

Ma il mio mistero è chiuso in me,
Il nome mio nessun saprà! No, no
Sulla tua boca lo dirò!

A voz falseou na última nota, mas ele arremeteu:

Quando la luce splenderà!
Ed il mio bacio scioglierà il silenzio
Che ti fa mia!...

Lilith não pôde evitar a tentação: pôs um pé em cada torneira e subiu, agarrando-se ao dintel de um exaustor de ar que comunicava os dois banheiros. Por entre os diminutos buracos cobertos de ferrugem viu José estendendo os braços como se estivesse num palco, enfrentando o seu público. Tinha a boca aberta, os olhos fechados, as abas do nariz tensas, a cabeça levemente inclinada para o teto... Sua nudez, vista de cima – com uma calvície e uma barriga proeminentes – era caricaturesca. Não havia mistério, elegância, nem autoridade. Tudo estava à vista, úmido e fofo. Lilith havia encontrado o que todos os inimigos do alemão buscavam: a imagem perfeita para destroçar anos investidos na meticulosa construção de uma imagem. Abaixou a cabeça, ao antecipar que estava prestes a abrir os olhos. Saltou com as pernas e os braços abertos, com a tranquilidade de uma ninja que sabe aonde tem de cair, mesmo saltando para trás. Enzo golpeava a porta, quando seus pés tocaram os azulejos úmidos.

– Vamos logo, Lilith!

– Já vou!

Seu encantamento não tinha cura: longe de espantá-la, o que havia visto se somara à adrenalina – que a mantinha elétrica, excluindo horas de sono para tolerar tanta intensidade – doses iguais de excitação e de ternura. Excitação porque nunca tinha visto um homem nu. E – por menos encanto que tivesse a imagem – a primeira vez não se esquece. Ternura pela desfaçatez e entrega com que havia espiado alguém que parecia ser tão comedido. Dez minutos depois, quando se reencontraram no refeitório do hotel, não pôde impedir o ataque de riso que subiu por sua garganta como um vulcão em erupção até explodir ali, diante dos narizes de todos.

– O que está havendo, Lilith?

Quis dizer alguma coisa, mas só o que se ouviu foi um fiozinho de voz, afogado entre espasmos de riso.

– Des... culpe...

– Está rindo de quê?

– De... na... da...

– Basta – ordenou Enzo.

– Estou feliz... isso é errado?

Não podia evitar: tudo lhe causava graça: a seriedade de José, seu corpo vestido, a sequidão com que pediu uma garrafa de vinho, cordeiro da Patagônia e uma salada verde.

– Não era vegetariano? – perguntou o dono do hotel e fechou a boca no ato, ao perceber que falara demais.

Enzo ergueu a vista do cardápio, intrigado.

– Vocês se conhecem? – perguntou, fitando a um e a outro.

– Não.

– Ele me disse ao telefone.

– Às vezes como carne.

– Isto é um patê de fígado – salvou-o a mulher do dono.

Haviam passado a tarde preparando um guisado vegetariano. A mulher e as filhas do dono encarregaram-se de colher as verduras das hortas de Trelew, para que ele recordasse os sabores da hospedaria. José untou um pedaço de pão caseiro com patê e levou-o à boca, já transformado em um carnívoro que não sentia nojo de nada. Deixou que o austríaco lhe servisse uma taça de vinho...

– Por conta da casa.

... rogando para que ele parasse de ser tão serviçal. Mas era um desejo impossível: as filhas espiavam-no pela porta entreaberta da cozinha, e a esposa mal podia fitá-lo nos olhos sem enrubescer. Tinha a certeza de que iam espalhar a notícia no dia seguinte, como deviam estar fazendo vários colegas de Bariloche. Maldita a sua sorte: era por culpa desses imbecis que não podia postergar sua fuga.

Que lhe sirva de lição, pensou. Não ia ser tão confiante no próximo destino. Afinal de contas, a culpa era sua: ninguém o obrigou a entrar em contato com a rede do Sul.

Enzo notara havia tempo a deferência com que o tratavam vários dos estranhos durante a viagem. Já não tinha dúvidas de que seu hóspede era muito mais célebre do que admitia ser. Jurou a si mesmo não contar essa certeza a Eva. Não ia perder a possibilidade de ficar sem o negócio das bonecas: fazia anos que não se sentia tão vivo. Durante alguns segundos surpreendeu a si mesmo pela falta de escrúpulos para com aqueles em que estava pensando. No instante em que deixou passar esse pensamento foi a morte definitiva do jovem idealista e romântico que havia sido. Lilith, que casualmente se tinha detido a observá-lo, deu-se conta de imediato: seu pai havia ficado velho. Tinha os ombros caídos ao redor do pescoço. Pôs sua mão sobre a dele. Enzo engoliu um pedaço de pão que havia untado com uma porção exagerada de patê e soltou a faca com a qual vinha devorando tudo que tinha pela frente.

– Estou comendo muito rápido? – perguntou, envergonhado.

– Obrigada por ter me deixado vir.

– Ah, bom... De nada.

– Coma mais devagar, vai lhe fazer mal.

– Sim, sim, perdão... – disse Enzo e soltou o pão.

Trocaram um sorriso, intimidados pela ternura que sentiram ao se olharem. José viu tudo com absoluta perplexidade. Não era a primeira vez que ficava desconcertado pelo amor incondicional entre pais e filhos. Ele nunca pudera sentir algo nem remotamente semelhante por seus progenitores nem por sua descendência. Não era falta de sensibilidade: chorava como um menino com suas óperas preferidas. Arranjou umas folhinhas de alecrim antes de provar o primeiro bocado de cordeiro da Patagônia. Gostava de definir-se como um defensor da beleza.

Focalização diferenciada da emoção, pensou.

Antes do final da ceia, Enzo cabeceava de sono. Mais do que dirigir por centenas de quilômetros, havia-o esgotado o esforço de manter uma conversa culta e articulada com seu hóspede alemão (que parecia saber de tudo). Quase a ponto de dormir sentado, pediu permissão para se retirar. Lilith pediu que a deixasse ficar desperta até um pouco mais tarde, pois dormira a metade da viagem.

– Cuido dela – disse José.

Ele propôs tomar um chá digestivo na galeria que dava para o campo, Lilith apoiou a planta dos pés na borda dos degraus e deixou os calcanhares de fora, para balançar-se devagar, enquanto

José estudava a primeira boneca que montou na fábrica. Assoviava baixinho, revisando sua criação sem a menor pressa.

– Vão tirá-las de nossa mãos – disse no mesmo instante.

– Quem?

– Nossos amigos.

Lilith fitou-o surpreendida: não sabia que agora compartilhavam até os amigos. O austríaco aproximou-se deles por trás, com uma bandeja. Soube que interrompia ainda a alguns metros de distância, mas o desejo de falar por fim com José foi maior.

– Chá de cidreira e torta galesa.

– *Danken* – respondeu José.

As duas sílabas funcionaram como contrassenha.

– Lamento muito a captura – disse o austríaco, em alemão.

Para sua surpresa, José franziu o cenho.

– Que captura?

– A de Eichmann.

A palidez de José confirmou-lhe que estava dando a notícia em primeira mão. E ser protagonista de uma parte da história, por mais ínfima que fosse, encheu-o de um sentido heroico.

– Quando foi?

– Faz uma semana, mas somente ontem anunciaram.

– Onde está?

– Em Israel.

Levou a xícara de chá aos lábios sem que lhe tremesse o pulso. Fazia contas: os sabujos do Mossad já deviam estar desembarcando em Buenos Aires novamente, detonando a operação que os levaria até ele em poucas semanas. O momento de partir havia chegado mais rápido do que esperava. Lilith acompanhou o diálogo em alemão, tentando entender o que diziam. Ainda lhe era difícil captar o sentido do que diziam quando falavam assim, depressa e sem pausas. Quando José lhe disse que havia chegado a hora de dormir, ela o seguiu pelo corredor na penumbra, caminhando sempre uns passos atrás.

É uma despedida, pensou (sem entender por quê).

Como se a escutasse, José abriu a porta de seu quarto e a fitou parado no batente. Ia dar-lhe a injeção no seu quarto, disse, para não acordar Enzo. Parecia estar decidindo até onde chegar nessa noite. Sabia que Lilith teria dito sim a qualquer coisa. Confiava nele, como tantas outras haviam confiado antes. Deixou-a passar e fechou a porta.

Na madrugada seguinte caíram na estrada. Enzo sentiu um silêncio tão espesso no interior do carro que abriu a janela para que o assovio do vento movesse as correntes que mal o deixavam respirar. A cem quilômetros de Bariloche, seu sócio alemão comunicou-lhe que havia chegado o momento de partir.

– Agora?

– Antes do fim de semana.

– E as bonecas?

– Ficam em suas mãos.

Com uma pontada de nostalgia, Enzo apertou as mãos ao redor do volante. A paisagem na qual se despedia era tão árida como aquela na qual se conheceram meses atrás, embora dessa vez a temperatura rondasse zero grau. Olhou Lilith pelo retrovisor: a filha viajava com a testa apoiada contra a janela, com lágrimas nos olhos. Mordia as unhas, como sempre fazia quando a raiva a emudecia. Tinha o vestido posto ao contrário. Nos braços levava a primeira boneca que o alemão havia montado na fábrica. Nesse momento Enzo recordou que na noite anterior tinha visto uma silhueta despindo-se na penumbra. Confundido pelo esgotamento, não reconheceu sua filha nem o quarto que compartilhavam. Por alguns segundos tudo lhe pareceu alheio e estranho.

– Lilith?

– Durma.

– Que horas são?

– É tarde.

Estava agitada. Conseguiu vê-la abraçando os joelhos.

– Você está bem?

– Durma.

Até sua voz era outra.

Enzo sentiu que nesse momento ele era o menino e ela a adulta. Obedeceu (fechou os olhos). Um mal-estar ao qual não pôde dar nome o fez recordar o terror de Eva na primeira noite em que Lilith saiu para acampar com o colégio. Havia passado a noite inteira desperta, num ataque de pânico por tudo que podia acontecer por ali afora: acidentes na estrada, no lago, nas três noites em que iam dormir ao relento em barracas que não os protegiam de nada, quando escalaram o morro, quando desceram em botes pelas corredeiras do rio Chubut... No segundo dia, exausta de estar protegendo-a à distância, disse que havia decidido entregá-la ao mundo.

É a única coisa que uma mãe pode fazer para não enlouquecer, disse.

Lilith devia saber da decisão de José desde a noite anterior. Por isso a havia encontrado desperta às cinco, quando abriu os olhos. Sua angústia devia-se a isso (convenceu-se).

– Justamente agora você tem que ir? – perguntou.

– Surgiu um imprevisto. Minha esposa precisa de mim.

– Volta a Buenos Aires?

– Só por um tempo.

– Então é provável que volte...

– Talvez sim.

Enzo sabia que mentia, não iam tornar a vê-lo. Em Lilith, a mesma certeza produzia um misto de alívio e fúria. Ninguém perguntou o motivo da urgência, pois intuíam que não lhes diria a verdade. Dedicaram-se a fazer planos sobre o futuro do negócio: o primeiro passo seria montar as bonecas e apresentá-las em sociedade. Vários colegas de José já haviam encomendado uma, embora não tivessem uma menina em casa. Para muitos seria um troféu secreto, o sinal de que haviam estado em contato com ele. Tal como as lendas sobre a passagem de Billy the Kid e Butch Cassidy pela Patagônia (eram muitos os que juravam que seus avós haviam trocado bens dos fugitivos por cavalos, refúgio e comida), José imaginou – não sem certa satisfação – as histórias que iam circular durante anos sobre sua passagem pelo Sul. Um dos grandes consolos seria esse: a construção do mito. Essas cinquenta perfeitas bonecas de olhos celestes iam falar por si mesmas. Decidiu que ia deixar uma autografada para o primeiro sabujo do Mossad que chegasse até Bariloche. Seu plano era preparar a fuga nessa mesma noite, ao regressar à hospedaria. Ia chamar um colega para que fosse decidido que carro podia levá-lo até o cruzamento de fronteira mais próximo. Todos os seus pertences cabiam na mesma mala com que havia chegado. Tinha somente que passar para buscar as amostras que guardava na *pet shop*. Havia chegado o momento de desfazer-se até de seus objetos de estudo, mas não pensava em fazê-lo. Podiam tirar-lhe tudo, menos os seus experimentos.

Paraguai, pensou, sem o menor entusiasmo.

Seu ciclo patagônico encerrava-se para dar lugar ao êxodo rumo ao trópico. Nada lhe causava mais irritação do que internar-se em países pobres e úmidos. Decidiu que justamente por isso tinha de agir rápido, sem sentimentalismos.

Amanhã, repetiu.

Mas a vida não deixava de pôr armadilhas em seu caminho.

O caos começou nessa mesma noite.

11

Tomás saiu para recebê-los tão logo viu o Chevrolet aproximando-se pelo caminho arborizado com os faróis altos. Parou diante do carro, agitado, com os olhos vidrados por excitação e medo. Eva começara a sentir contrações onze horas antes. A parteira nunca apareceu, talvez por causa do temporal ou pela epidemia de gripe e pneumonia que acometia um de cada três habitantes prostrados. A tosse encatarrada e o estado febril de Lilith convenceu José de que seu corpo já incubava a enfermidade. O mais novo também caíra de cama, por isso as únicas que acompanhavam Eva quando entraram no quarto eram as galesas. Banhada em suor frio, Eva fazia força na cama.

– Sem parteira isso não vai adiante – sussurrou-lhe Luned, que trouxera ao mundo seis filhos e doze sobrinhos.

Um grito de Eva fez Enzo retroceder sem sequer tocá-la.

– Vá buscá-la, eu cuido disso – falou José.

Sem a menor pressa, tirou o chapéu, o paletó e os óculos. Arregaçou as mangas da camisa. Eva desejaria pedir a ele que saísse, mas as contrações eram cada vez mais fortes e ela estava exausta. Deixou que lhe abrisse os joelhos para fazer um toque. Durante décadas o alemão havia trazido (e obrigado a partir) dezenas de bebês. O cruzamento de umbral – da vida para a morte, e vice-versa – era um lugar que conhecia de memória. Bastava estar diante de uma parturiente para saber se seu filho viria ao mundo de parto normal ou de cesariana. Com este não teve dúvidas: pediu a Tegai uma panela de água fervente, toalhas e álcool. Deu a chave do seu quarto a Lilith.

– Traga minha maleta – ordenou. – E o punhal. Esterilizado.

Desta vez Lilith não manteve as aparências, pois estavam ficando sem tempo. Abriu a janela e subiu no beiral, revelando seu atalho diante dos narizes de todos. Instantes depois, saltava no interior do quarto de José. Estava febril. A congestão mal a deixava respirar, mas não se deteve até encontrar o punhal com o emblema secreto, que instantes depois apoiava sobre uma fornalha da cozinha para passar as duas faces de aço pelo fogo. Sentiu uma pontada de náusea ao pensar que essa lâmina ia afundar no corpo de sua mãe e que não tinham outro remédio senão confiar nele.

Quando voltou ao quarto, José estava umedecendo o baixo ventre de Eva com álcool. Todos obedeciam em silêncio, transformados em soldados pelo desespero. José pediu a Tomás que amarrasse os punhos de sua mãe à cama com duas tiras de lençol. Não tinha anestesia suficiente para adormecê-la e queria evitar os tapas quando a dor se tornasse insuportável. Transformada em amazona, Eva apoiou as mãos contra as barras da cama para facilitar-lhe o trabalho. No limite de suas forças, a única coisa que queria era que tudo terminasse rápido. José pôs a mão em cima do abdome: a pele estava tão retesada que parecia a ponto de rebentar. Estudou o lugar exato para a incisão. Apoiou a ponta do punhal e o girou alguns milímetros, antecipando o prazer de um corte perfeito. Sempre havia defendido as cesarianas: nada o satisfazia mais do que tirar os neonatos com as feições harmônicas, sem as deformidades e rugas que lhes causava a passagem pelo canal de parto. Foi como saiu esta: uma bebê idêntica a Lilith, mas de dimensões perfeitas. Nasceu com duas voltas de cordão ao redor do pescoço. Levou dez segundos para abrir os olhos para gritar. Não podia pesar mais de dois quilos. Tinha a pele enrugada e recoberta de lanugem, tão fina que deixava entrever os vasos sanguíneos. As palmas das mãos, os calcanhares e os pés eram avermelhados. José pôs a bebê nas mãos da irmã para apertar o ventre de Eva até fazer sair a placenta. Lilith viu-se de imediato frente a frente com esse corpinho banhado em sangue que apenas chutava, raivosa por ter sido expelida para o mundo antes do tempo.

Outra contração confirmou a suspeita de José: enfiou a mão esquerda no ventre de Eva para tirar o segundo bebê. Era menor que sua irmã, apenas uma rãzinha. A moleira era enorme, não tinha cabelo, sobrancelhas nem pestanas, a cabeça era demasiado grande em relação ao corpo e as extremidades estavam pouco desenvolvidas. As unhas eram fracas e não chegavam à ponta dos dedos. Tinha todos os sintomas de um prematuro: os ossos do crânio ainda não estavam formados, sobretudo o occipital e os parietais.

Um quilo e seiscentos, pensou, segurando-a pelos pés.

Ao contrário de sua irmã gêmea, a segunda não chorou.

José apoiou-a sobre a cama para observá-la. Sua respiração era rápida, superficial e irregular. Era evidente que os alvéolos pulmonares não haviam completado seu desenvolvimento. O sistema nervoso de nenhuma das gêmeas havia alcançado a madureza imprescindível: seus movimentos eram lentos, os reflexos arcaicos quase inexistentes, tal como o tônus muscular. Tegai segurou-a para que José cortasse o cordão que a separou de sua mãe. Impressionada até o mutismo, Lilith ajudou as galesas a banhar as recém-nascidas em uma bacia de água morna, enquanto José terminava de suturar Eva, que não as perdia de vista, fraca demais para dar instruções. Quando Enzo entrou no quarto com a parteira, tudo já havia terminado. Envoltas na mesma manta, as gêmeas pareciam tão frágeis que não se animou a tocá-las.

– Por que respira assim? – perguntou, olhando para a menorzinha.

– Precisa de oxigênio – disse José enquanto sacava uma lapiseira do bolso interno do paletó para escrever uma nota em alemão. – Não tem os pulmões totalmente desenvolvidos. O seu sistema imunológico é imaturo, os problemas respiratórios podem se agravar se tiver uma pneumonia ou qualquer outra complicação. É melhor que seus filhos se mantenham afastados.

Lilith tapou a boca ante um novo acesso de tosse. De imediato, José fez um sinal para que recuasse. Assinou o bilhete e entregou-o a Enzo.

– Vá até a casa do vizinho. Entregue isto à pessoa que o atender.

Olhou para Lilith, que já estava afastada perto da porta.

– Vá com ele. Já se conhecem.

Ao ver que Enzo duvidava, insistiu.

– Eu fico com ela.

Eva assentiu da cama, rogando com o olhar para que seu marido obedecesse. Enzo olhou o quarto: parecia mais o cenário de um crime do que de um parto. Todos estavam banhados em sangue. Sentiu a mão de Lilith na sua, mas logo começou a reagir, ao sentir os flocos de neve na cara, enquanto esperavam que alguém lhes abrisse o portão da casa vizinha. Olhou para Lilith, que tossia parada ao seu lado, tremendo de frio. Tirou seu agasalho para envolvê-la, quando a filha negou-se a esperar no carro.

– Por que a conhecem? – perguntou.

Nas pausas entre um acesso de tosse e o seguinte, ela lhe contou a tarde em que José passou ali para deixar de presente a primeira boneca que saiu da fábrica. Enzo assentiu, sem ser preciso que ela lhe contasse muito mais. Esperaram em silêncio enquanto a enfermeira que os havia recebido da outra vez lia o bilhete de José. A mulher ergueu a vista para observar o vestido manchado de sangue de Lilith. Bastou um sinal para que o homem que estava a alguns metros de distância lhes abrisse o portão de entrada.

O interior da casa não era muito diferente da hospedaria. Havia sido construída no mesmo ano por arquitetos da mesma origem. A enfermeira guiou-os por um corredor repleto de portas fechadas. Enzo conseguiu ver outras duas mulheres vestidas com o mesmo conjunto. A casa parecia um hotel, embora o soro que levava um homem com quem cruzaram nos poucos metros, e a cadeira de rodas na qual outro olhava a neve num jardim de inverno, o fizessem pensar em uma pequena clínica particular. A enfermeira parou diante de um dos quartos. Abriu com uma chave e entrou, deixando a porta entreaberta.

– O que é esse lugar? – sussurrou Lilith.

– Não sei – respondeu Enzo, cada vez mais inquieto.

Alguns metros adiante, as portas da sala estavam abertas de par em par. Enzo deu uns poucos passos: viu uma dúzia de homens e duas mulheres sentadas ao redor de um rádio. Ouviam o noticiário em silêncio, com um misto de indignação e desconcerto. *Transferiram-no para uma casa de segurança, amarraram-no a uma cama e o interrogaram até confessar que não era Ricardo Klementi nem Otto Henninger*, dizia o locutor, *até que deu seu número correto da SS e admitiu ser Adolf Eichmann.* Enzo sentiu a mão de Lilith na sua, pedindo-lhe que parasse, sem dizer uma palavra. *Obrigaram-no a assinar uma carta na qual afirmava que ia a Israel por sua própria vontade.* Uma das mulheres chorava em silêncio. Mas Lilith não olhou para ela nem prestou atenção ao locutor: acabava de ver o clone da boneca importada colocada em uma estante de mármore, entre dois jarros persas e outras peças de arte. *Oito dias mais tarde o embarcaram num avião da El Al vestido como um mecânico da aeronave. Foi instalado em um assento de primeira classe com passaporte falso e retirado do país de imediato rumo a Haifa.* Um homem levantou-se para encher um copo de uísque e, ao ver Enzo, fechou a porta. Ainda assim, a voz do locutor continuou sendo ouvida do outro lado. *A chancelaria argentina reclamava pela grave violação à sua soberania, levando sua queixa ao Conselho de Segurança das Nações Unidas.*

– Vou precisar da sua ajuda – disse a enfermeira às suas costas.

Estava parada na porta do quarto em que havia entrado momentos antes, com um tanque de oxigênio na mão. Enzo seguiu-a sem fazer perguntas. O interior do quarto, incrivelmente, era uma sala cirúrgica. Ele a ajudou a juntar sondas, gaze, seringas e duas ampolas, lendo o bilhete de José como se seguisse instruções. A enfermeira ajudou-o a carregar tudo para o carro e subiu sem pedir permissão. Quando Enzo perguntou o que fazia, ela lhe mostrou o bilhete de José.

– Diz aqui que vou com vocês.

Embora as casas ficassem a menos de quinhentos metros de distância, o regresso foi lento e complicado: a nevasca já começava a bloquear os caminhos. Tiveram que deixar o carro a meia quadra da hospedaria e caminhar carregando os tanques de oxigênio e cortando caminho pela neve. Encontraram José trabalhando entre as pernas abertas de Eva, suturando-a. Uma imagem perturbadora e de uma estranhíssima intimidade, que Enzo jamais esqueceria.

– Você já fez isso antes – murmurava Eva em alemão.

O estado de dor e esgotamento levara-a de volta a sua primeira língua.

– Umas cem vezes – respondeu José, dando o último ponto.

– Então me diga se vão viver...

– Primeiro têm que passar a noite.

As galesas ajudaram Eva a baixar as pernas e cobriram-lhe o corpo. José esqueceu-se dela no instante em que viu entrar a enfermeira com os tanques de oxigênio. Só tinha minutos para estabilizar as gêmeas. Parada perto da porta, Lilith escutou-os falar em voz baixa. Embora trabalhasse com absoluto profissionalismo, a enfermeira pouco se importava com suas irmãs. Não era por causa delas que estava ali.

– Mandaram-me dizer que o avião está pronto para tirá-lo daqui.

– Ainda não.

– Dizem que eles já voltaram a Buenos Aires. Você é o próximo.

Sem entender uma palavra do que diziam, Enzo observou-os enquanto punha panos úmidos na testa de Eva. Sem pedir permissão, a enfermeira colocou uma sonda em cada uma das gêmeas.

– Como foi? – perguntou-lhe José.

– Eles o sequestraram.

– Não pode ser que ninguém soubesse de nada.

– Falaram com a capital – disse a mulher. – Ninguém sabia.

As gêmeas estavam tão fracas que nem sequer choraram ao sentir as agulhadas. De imediato José deu-lhe instruções para que injetasse na sonda um arsenal de remédios que mandara trazer.

– Já não é seguro que você fique – disse a enfermeira. – Gêmeos vai encontrar em toda parte.

José sorriu, tranquilo, enquanto auscultava o corpinho da menor.

– Posso me cuidar sozinho – disse, dando por encerrada a conversa.

A enfermeira assentiu.

– Estou lá embaixo, se precisar de mim.

Enzo seguiu-a com o olhar, e não pôde evitar sentir alívio ao saber que ia ficar com eles por toda a noite.

– Quem são? – perguntou quando ficaram a sós.

– Amigos.

– Por que nos ajudaram?

José levantou o olhar do berço, sorrindo apesar de tudo.

– Não estão ajudando vocês. Ajudam a mim.

Encerrada em seu quarto, Lilith despia-se devagar, livrando-se de cada peça ensanguentada como se fosse um ritual. Fazia meses que José lhe injetava os hormônios de crescimento. Algumas noites a dor era tão grande que teria desejado arrancar tudo de si: pernas, braços, essa pontada insuportável na coluna, na nuca, na testa, nos cotovelos e joelhos; doíam-lhe a luz, o frio, o calor; em um instante tiritava, no seguinte estava banhada em suor; tinha uma contratura insuportável na mandíbula; o sobrecenho franzido e os olhos afundados. Seu corpo era um campo de batalha. Os produtos químicos de José, tentáculos que viajavam pelo sangue até suas extremidades, filtrando-se até os ossos, forçando-a a crescer. Ninguém imaginava quão violento podia ser forçar um corpo ao crescimento quando essa não era sua natureza.

José era o único que vira esse calvário em outros espécimes.

Mas nada podia importar-lhe menos nesse momento. O misto de esgotamento e euforia manteve-o desperto durante horas. Dedicou-se a desenhar as gêmeas no caderno, rodeando os corpos de anotações: sistema imunológico imaturo, alvéolos pulmonares débeis, reflexos arcaicos e tônus muscular inexistentes. Passou as horas seguintes escrevendo as diferenças físicas entre as irmãs, e fazendo cálculos sobre suas possibilidades de crescimento. Mais de uma vez teve de conter-se para não ir ao quarto das gêmeas, mais alarmado pelos breves períodos de silêncio do que pelo aluvião de choros. Às recém-nascidas somaram-se os uivos do irmão menor esta noite, furioso porque Tomás não lhe permitiu aproximar-se do quarto dos pais durante toda a noite.

Com a saída do sol, José escutou o choro da mais fraca das prematuras. Se havia sobrevivido às primeiras doze horas, tinha uma oportunidade. Sabia que precisava ir embora de imediato. Mas não pôde resistir à tentação de postergar a viagem por alguns dias quando Eva veio pedir-lhe que a acompanhasse ao quarto onde dormiam as gêmeas. A menor estava mais fraca que na véspera: não aceitava o peito e havia passado as últimas horas em um estado de sonolência quase inconsciente. *Se fossem crias de tubarão, sua irmã já a teria devorado no ventre*, pensou ao vê-la (diminuta, pálida e enrugada como uma anciã).

– Por que não se alimenta? – perguntou Eva.

– Não tem reflexos de sucção nem de deglutição. O estômago é muito pequeno, as secreções que facilitam a digestão são escassas. Seu sistema digestivo não está totalmente preparado para assumir suas funções.

José chamou a enfermeira para que ajudasse Eva a encher uma seringa com leite materno. Sentaram-na contra o espaldar da cama e puseram a seringa com leite por cima de seu ombro, com a sonda que ia direto à maior das prematuras. Com infinita paciência, José ajudou para que a gêmea se prendesse ao seio de Eva, embora o alimento chegasse pela sonda conectada à seringa. Explicou-lhe que assim a bebê iria associando que o alimento provinha do peito, e marcou a quantidade de leite na seringa: quatro centímetros a cada três horas. O imprescindível era dar-lhe as substâncias nutritivas para completar o processo de crescimento.

– Fique por mais um tempo – suplicou-lhe Eva.

Dois dias, prometeu José a si mesmo.

Nada lhe importava menos que o sofrimento de sua família postiça. Mas sentia uma estranha adrenalina ao prolongar sua estada patagônica até os limites do aconselhável... E estava fascinado como sempre pelo grande enigma de sua vida: o efeito gemelar. Com dois telefonemas conseguiu que, antes do meio-dia, um carro abrisse caminho até a casa. Enzo ocupou-se de retirar as incubadoras do carro e levá-las até o quarto, a cada instante mais incomodado com tudo que estava acontecendo. Quando por fim José deixou-os a sós, ajudou Eva a alimentar a menor, que já respirava melhor depois de 24 horas de oxigênio. Pela janela, Enzo viu José conversando com os homens que haviam trazido as incubadoras. Pareciam estar discutindo, parados no meio da neve.

– Quero levá-las ao hospital – disse.

Eva levantou a vista. Logo percebeu o estado alterado de Enzo.

– Em nenhum lugar vão estar melhor do que aqui, com ele.

– Não me agrada dever-lhe favor algum.

Eva tardou alguns instantes em responder. Falou sem olhá-lo e em sussurros (como se tivesse vergonha de confessá-lo). Falou com o olhar fixo na menor das gêmeas. Disse que não lhe importava quem ele era. Queria-o ali, ao lado de suas filhas. Quando José lhe propôs que permitisse injetar o hormônio de crescimento na mais débil das gêmeas, que já tinha a pele azulada pela falta de oxigênio, Eva aceitou. Não tinha nada a perder.

Esse havia sido, durante anos, um dos vários passatempos de Enzo: incubar aves. Fez várias tentativas frustradas antes de conseguir uma primeira camada de codornizes nascidas em uma incubadora caseira. Não era mais que uma caixa de madeira, hermeticamente fechada, na qual conseguiu manter a temperatura e umidade de que necessitava durante as semanas de gestação. Parado diante do precário modelo de incubadora entregue pelos colegas de José, o melhor que puderam conseguir de um dia para outro, Enzo ouviu as indicações do médico alemão: era preciso acrescentar um gerador de calor mais sofisticado, um ventilador para remover o ar e um termostato para controlar a temperatura. Para compensar as deficiências do sistema respiratório iam regular a umidade e a concentração de oxigênio. Se a menor das gêmeas piorasse, se a oxigenação dos tecidos e do cérebro não era suficiente ou continuasse resistindo a se alimentar, iam começar a nutri-la ali dentro: precisava de uma manga que permitisse que algum deles, com uma luva esterilizada e um conta-gotas, lhe desse de comer gota a gota o leite materno fortificado com soro, ferro e vitaminas. Era provável que as defesas baixassem a um grau extremo ou que sofresse alguma infecção; precisavam dos orifícios com proteção para manipular o bebê sem abrir o habitáculo.

Enzo tomou nota do aluvião de possibilidades.

Passou as próximas 24 horas encerrado em sua oficina.

Para maior segurança haviam decidido dividir a casa em dois: a ala esquerda era a dos enfermos, e para lá se mudaram Lilith e seu irmão mais novo, junto com os dois hóspedes de Mendoza que haviam sucumbido à epidemia. A ala direita foi reservada para a parturiente e as prematuras, além de Tomás e Enzo (que não mostravam sintomas da enfermidade). Luned decidiu ocupar-se dos enfermos: mandou que Tegai se dedicasse em tempo integral às gêmeas.

Quando a primeira nevasca passou, os poucos hóspedes sãos decidiram seguir viagem até destinos mais seguros. A casa mudou de luz (agora que as persianas se mantinham fechadas para isolar o frio), de som (os risos e vozes em diferentes idiomas deram lugar ao silêncio e aos choros das recém-nascidas) e de odor (as galesas ocuparam-se em banhar a casa com lavandina, como se assim pudessem aniquilar o avanço dos germes). José era o único que ia e vinha com liberdade, mesmo assim exagerava nas precauções: punha máscara cirúrgica antes de revisar os enfermos e lavava as mãos com álcool tão logo terminava. A casa logo se transformou num parque de diversões: desde sua chegada à Argentina não havia tido objetos de estudo tão virgens e idênticos que, a não ser por ele, tinham seu atestado de óbito assinado. Embora fingisse estar dando às gêmeas o mesmo tratamento, injeções, soro, leite fortificado e calor, o tratamento da maior resumia-se a simples placebos. Deixou a gêmea mais forte entregue a sua sorte e dedicou-se a tratar da mais frágil, empenhado em demonstrar que a medicina podia inverter o destino até o inevitável. Era o único que ia a Bariloche todos os dias, embora para cada viagem os homens da casa tivessem que limpar o caminho de entrada durante uma hora para dar passagem ao carro. Faziam-no sem reclamar, era a forma que tinham para agradecer pelo que ele estava fazendo: as prematuras começavam a dar sinais de melhora.

Sobretudo a mais fraca.

José examinava-a várias vezes por dia: a qualidade da respiração, a evolução do peso, a tolerância à alimentação... Não haviam surgido episódios infecciosos e os glóbulos brancos de seu sangue aumentavam. Em duas semanas a menor alcançou o peso de sua irmã, que já mostrava sinais de deterioração em seu sistema respiratório. O estado das gêmeas invertera-se. Teve que pôr uma máscara cirúrgica para que Eva não visse sua alegria ao confirmar que entravam na fase final. Auscultou o corpinho, cada vez mais lânguido, e disse que não havia muito mais o que fazer.

– Por que uma melhora e a outra não? – perguntou Eva, que nem em seu desespero havia deixado de pelejar.

– Coisas do destino – disse José.

Recomendou que se enfiasse na cama com ela, a abraçasse e se despedisse. Mordeu o lábio quando já ia oferecer-se para cuidar dos preparativos para o enterro. Era vital não se antecipar. Os acontecimentos de cada dia haviam-se transformado em uma novela de aventuras que escrevia em seu caderno preto com a urgência de um maníaco: dados, cálculos e estatísticas que se amontoavam até nas margens. A pequena tragédia doméstica da família com a qual convivia havia-o transformado num viciado: fornecia-lhe doses grátis de drama (as gêmeas toureavam a morte várias vezes ao dia) que ele dobrava à base de antibióticos, hormônios, soro, oxigênio e injeções, com a onipotência de um deus.

Nesses dias ficaram isolados por outra nevasca.

O Nahuel Huapi terminou de congelar-se, mas a onda de frio era tão intensa que poucos se aventuravam a sair para patinar no gelo em suas margens. Embora os aquecedores ficassem ligados dia e noite, a casa não conseguia ficar quente. Lilith passou dois dias enfiada na cama, abraçada a uma bolsa de água quente. Se não fosse pelo estado de confusão e delírio que lhe causaram febres altíssimas nos primeiros dias, teria rogado aos pais que não a deixassem sozinha com ele na ala esquerda. O que se havia passado naquela hospedaria nos arredores de Trelew permanecia ainda no terreno dos pesadelos. As imagens visitavam-na à noite, quando a febre subia e seus pais nunca estavam por perto para ouvi-la chorar. Luned passava horas baixando-lhe a febre com panos frios, convencida de que essa angústia que não podia explicar iria minguar quando ganhassem a batalha contra a pneumonia.

Agora que a tinha perto, José visitava-a seguidamente.

Tomava sua temperatura, auscultava e apalpava os gânglios, enquanto lhe contava os detalhes da microscópica melhora das gêmeas. Uma noite José a fez meter-se na água tépida durante horas para que os quarenta graus de febre baixassem junto com a temperatura da água. Tinha o estômago repleto de cicatrizes microscópicas, resquícios de agulhadas que recebera nos últimos meses. As marcas na porta do quarto não mentiam: havia crescido uns poucos centímetros em poucos meses. Ninguém parou para pensar se o estado de Lilith tinha a ver com a epidemia e os frios invernais ou com a bateria de químicos que seu corpo recebia. Quando abriu os olhos, encontrou-o sentado a um canto do banheiro. Olhava a silhueta de seu corpo, que tiritava debaixo da anágua, com uma fome que conhecia de memória.

– Vá embora.

– Quer mesmo que eu me vá?

– Sim.

Era uma súplica, não uma ordem. Os dois sabiam que ninguém ia expulsar o homem que estava salvando a vida das gêmeas. Nem sequer ela queria que se fosse (embora a vontade de tê-lo por perto lhe produzisse um mal-estar maior do que a pneumonia). Seu estado febril, delirante, acrescentava uma cota de estranheza à rotina da injeção. Lilith deixou-o levantar-lhe a anágua, como se o seu corpo pertencesse a ele não a ela. Gostava de ver como a seringa atravessava sua pele.

– Por que não as arma? – perguntou Lilith.

– Quem?

– As bonecas.

– Não se pode amar uma boneca.

– Eu falei por que não as *arma*.

– Depois que as gêmeas estiverem bem.

Tirou a seringa e deixou que o corpo de Lilith afundasse de novo na água. Fazia dias que o alemão repetia a mesma coisa: *depois que as gêmeas estiverem bem*. O nascimento das prematuras era a desculpa para deixar em suspenso a armação das bonecas.

– Mentira – sussurrou Lilith.

Mas ele nem sequer se incomodou em responder-lhe. Continuou lavando o corpo febril com um pano úmido.

– Você gosta que as bonecas estejam assim.

Ele separou suas coxas para limpá-las.

Era verdade: não podia evitar o secreto deleite em mantê-las desmembradas. Na tarde anterior. Lilith havia juntado forças para caminhar pelo corredor até o quarto de José. Empurrou a porta e deteve-se a olhar as bonecas: as cabeças numa bolsa, os braços em outra, pernas, torsos, tudo empilhado perto do espelho e duplicado até o infinito, as peruquinhas louras amontoadas em cima da cômoda, a bolsa com os olhos de vidro na escrivaninha... Até as roupinhas que a galesa havia costurado à mão estavam prontas. Havia seguido fielmente os modelos que José lhe desenhara, uma síntese tediosa de todos os uniformes do Terceiro Reich. Agora que tudo estava pronto ninguém parecia ter qualquer pressa em armá-las, vesti-las e livrar-se delas. O drama das gêmeas fizera com que o negócio fosse esquecido com a mesma veemência com que foi planejado.

Lilith perambulou entre as bolsas, manuseou um par de olhos e incrustou-os em uma das cabeças. A boneca olhou-a de imediato, sem corpo para espernear, sem cordas vocais para gritar. Acrescentou à cabeça o tronco, as pernas e braços. Apoiou uma peruquinha loura sobre a cabeça. A febre que sempre chegava ao entardecer enredou-a em um pico de urgência: arrastou as bolsas repletas de membros do quarto de José para o seu e amontoou-as ao redor da cama. Quando o francês das câmeras entrou para despedir-se, já tinha meia dúzia de bonecas prontas, as cabeleiras louras costuradas como José lhe ensinara, os botões de vidro incrustados nas órbitas. Muitas estavam nuas, ainda por terminar. Faltavam-lhes um ou dois braços, uma perna, os olhos... Umas poucas estavam completamente terminadas. O francês não tolerava mais as cumplicidades que se respiravam na hospedaria. Antes de despedir-se, ele a abraçou e sussurrou-lhe ao ouvido:

– Se algo não vai bem, pode falar.

Lilith assentiu, mas não disse nada.

Nem nesse dia nem em nenhum outro.

Ela pediu ao francês uma foto da boneca para afixar no mural do colégio. Alguém tinha que se encarregar de vendê-las. O francês cuidou de revelar essa última foto antes de ir-se. Sabia que, mais cedo ou mais tarde, ia ser uma prova de sua denúncia. Pensava afastar-se o suficiente de Bariloche antes de dar um ou dois telefonemas. Não era o único que começava a suspeitar das alianças que se teciam na cidade. José dava-se conta de tudo, e sua paranoia crescia a cada dia: nos olhares dos estranhos com quem cruzava nas ruas via inimigos que se preparavam para denunciá-lo. Vivia com uma sensação de vertigem, mas resistia a evaporar-se. Seus colegas suplicavam que se fosse, tudo estava pronto para retirá-lo por um cruzamento de fronteira com o Chile. Até seu vizinho insistia para que evitasse as rotas terrestres, o hidroavião estava pronto para tirá-lo da Patagônia.

Mas José vivia repetindo:

– Amanhã.

Passava as tardes estudando as amostras de sangue das filhas de Enzo no quartinho dos fundos da *pet shop*. Eva já não resistia quando ele tirava amostras dela e de suas filhas (teria vendido a alma em troca de que ele não as deixasse morrer). Quando as nevascas mais furiosas cobriram a cidade e seus arredores com um manto branco, cada um estava submerso em uma obsessão tão espiralada que parecia enroscar-se em si mesma até conter tudo.

Eva converteu-se numa obreira com uma única meta.

José, no capataz que dava as ordens.

Lilith, em sua prisioneira.

Quando o quadro gripal transformou-se em uma pneumonia, entendeu que ia permanecer na ala esquerda da casa por tempo indeterminado. Isolada, em quarentena. Já nem sequer podia ter sua família. A comunicação limitava-se a bilhetes que iam e vinham nas mãos de José, o único que cruzava os umbrais entre saudáveis e doentes como se fosse imune às pestes.

12

Nora Eldoc chegou a Bariloche na mesma tarde em que tiraram a mais frágil das prematuras da incubadora. Enquanto o avião taxiava sobre uma pista coberta de neve, ela se perguntou se desta vez daria certo. Havia dedicado sua vida a procurá-lo, e não pensava em fazer outra coisa até o dia de sua morte. Foi na cama de um hierarca de odor rançoso, após deixar que usasse seu corpo a seu bel-prazer como tantos outros, que viu uma das bonecas de José em cima de uma estante reservada a livros sobre esoterismo nazista, a nova religião de muitos no declínio do Império. Ainda nua, perambulou pelo quarto com um cigarro nos lábios e agarrou a boneca sem pedir permissão. Sabia que os minutos depois do sexo eram os melhores para perguntar. E o porco que ainda se retorcia de prazer na cama não tinha filhas nem netas. Perguntou se pensava em dedicar-se a colecionar bonecas.

– Não é uma boneca... É um troféu.

Agora que não tinham nada, viviam a base de mitos.

Nora conhecia todos eles, havia seguido milhares de pistas falsas. Falava castelhano com sotaque portenho e tinha um passaporte argentino, embora Buenos Aires tivesse sido seu lar apenas por dois anos. Não foi nesse encontro, mas sim vários depois – quando a boneca era sempre uma a mais na cama –, que o porco finalmente falou. Disse que seu pequeno troféu de plástico era a prova viva de que as cabeças mais importantes da medicina continuavam vivas. Não tinha as coordenadas exatas, mas o colega que trouxe o presente vinha de Bariloche.

No dia seguinte, Nora viajara rumo ao sul.

Fazia anos que dilapidava o pouco que restava da fortuna de família em sua caçada. Não restava mais ninguém senão ela para gastá-la, por isso o fazia sem culpa. Hospedou-se no Hotel Catedral e dedicou-se a fazer o mesmo que o resto dos turistas: alugou um par de esquis e subiu aos morros três dias seguidos. Seu estilo era impecável: deslizava pelas pistas sem bastões, inclinando seu corpo da direita à esquerda com um bamboleio que era um exagero de graça e precisão. Sabia que, para se aproximar dos círculos em que eles se moviam, tinha de ser paciente e deixá-los vir a ela como moscas. Também era preciso investir dinheiro: ir aos melhores hotéis e restaurantes, vestida como uma dama. Mostrar-se só, disponível, mas só. Não demorou a seduzir mais de um. Disputavam para subir casualmente na cadeirinha que os devolvia da base ao cume. Era perita na arte da conversação, podia conduzi-los como gado ao matadouro. Mas tinha de ser cautelosa. Qualquer pergunta fora de lugar dispararia o alarme.

Otto Arko, um esloveno que trabalhava como socorrista na montanha, encontrou-a fazendo esqui fora da pista uma hora antes do entardecer. Perambulava por entre as árvores do lado oeste do morro sem a menor preocupação.

Tem a calma dos suicidas, pensou Arko (que disso entendia).

Era a calma de uma sobrevivente que esteve mil vezes em situações desesperadas. A neve havia começado a cristalizar-se e a neblina a cobrir a montanha como um telão. Ziguezagueou até ela e parou alguns metros mais abaixo.

– Está perdida? – perguntou.

– Acho que sim.

– Eu a guio. Já é hora de descer.

Seguiu afastado, olhando por sobre o ombro em cada curva para assegurar-se de que ela o acompanhava, a poucos metros de distância. Foi buscando atalhos cada vez mais difíceis ao ver que ela vencia cada obstáculo com calma, sem jamais cambalear. Embora tivesse o rosto completamente coberto por um gorro de pele, óculos e uma gola de angorá, Arko soube que era uma mulher formosa. Comprovou-o na base do morro, quando Nora tirou as camadas de roupa de esquiar e convidou-o a tomar um uísque como agradecimento. Arko, que ainda estava em horário de trabalho, aceitou de imediato. Amanhã lidaria com a suspensão que certamente iria receber por evaporar-se assim no horário de maior exigência para os socorristas, sobretudo em dias nublados, nos quais a montanha ficava repleta de esquiadores extraviados. Qualquer mortal entenderia que um homem não podia resistir assim tão facilmente a um convite semelhante. Nora perguntou-lhe se tinha carro para descer os 15 quilômetros que separavam a pequena base do centro de esqui da cidade de Bariloche. Seu hotel era uma das poucas construções situadas ali em cima, a mais opulenta de todas, mas não lhe disse que se hospedava no Catedral. Deixou seus esquis no depósito e acompanhou-o até um velho Volkswagen.

No caminho até o povoado manteve-se ausente, olhando a paisagem pela janela. Essa atitude sempre esquiva enlouquecia os homens. Arko soube no ato que era uma dessas mulheres para as quais compromisso é um palavrão. A possibilidade de estar percorrendo as mesmas ruas que o homem de seus pesadelos a mantinha desperta durante as noites; passava longas horas no bar do hotel. O esloveno, que era muito mais sensível do que Nora adivinhou, também se deu conta de outra coisa: por mais forte que aparentasse ser, era uma mulher alquebrada. Tinha olheiras escuras que nem a maquiagem podia dissimular e um leve tremor na mão esquerda. Entre um gole e outro mastigava a raiva de que o homem que procurava havia mais de uma década pudesse estar vivendo uma existência pacífica em um paraíso como o que via pelos imensos janelões do bar. Quando o terceiro drinque lhe subiu à cabeça, Arko não mais conteve a vontade de perguntar:

– Pensa em ficar muito tempo?

– Duas semanas.

– Está sozinha?

Nora fitou-o nos olhos e sorriu – quase – antes de responder:

– Na realidade tenho um amigo alemão de quem perdi a pista. Sei que vive aqui em Bariloche.

Enquanto bebia um gim-tônica em goles diminutos, perguntou-se se o homem que procurava fazia mais de dez anos a reconheceria quando estivesse frente a frente de novo. Sabia que não tinha que iludir-se: já havia seguido dezenas de pistas falsas.

– Posso lhe fazer uma pergunta, Otto?

Mordeu um gelo que explodiu em pedaços sobre sua língua. O pessoal do Mossad precisava montar um mecanismo de relojoaria para extraditá-lo. Ela, pelo contrário, o conseguiria apenas com uma noite a sós com ele.

– Quantas vezes resgatou gente que estava perdida há horas no meio de uma tempestade de neve?

– Centenas.

– E o que havia em seus olhos no instante em que o viam? Resignação ou luta?

– Quer mesmo saber?

Nora assentiu.

– Os mortos da montanha sempre têm os olhos abertos. O final pega-os desprevenidos. O frio é assim: vai penetrando por entre os ossos. Mata quando a pessoa acha que ainda pode prosseguir.

Nora tentou retrucar, mas Arko impediu-a com um gesto da mão.

– É minha vez.

– Pergunte.

– Por que é que uma mulher como você só fala da morte?

A resposta teria transformado todo o prelúdio em uma brincadeira de criança. Nora limitou-se a sorrir.

– Há algo mais interessante?

A falta de oxigênio impeliu-a a sair para a rua.

Começavam a cair os primeiros flocos de neve, diminutos.

Ao final da quadra parou para observar uns cachorros na porta de uma *pet shop*. A roupa incomodou-a de repente, e um enjoo a fez apoiar a mão na vitrine. Jamais poderia ter adivinhado que o homem que procurava estava estudando amostras de sangue das gêmeas a poucos metros, nos fundos da loja. Ao ver que desfalecia, Arko segurou Nora pela cintura... Tinha os lábios e as unhas roxos.

– Você está bem?

– Uma queda de pressão.

– Eu a levo ao hotel – disse, amparando-a de imediato.

Nora não lhe respondeu. Num piscar de olhos ele acreditou que foi o enjoo causado pelo álcool que a fez caminhar até a esquina, mas deteve-se ao vê-la entrar na *Deutsche Schule Bariloche* com a precisão de uma flecha. Tão decidida e veloz que Arko teve de correr os últimos metros para alcançá-la. Encontrou-a parada no meio do saguão. Tinha a testa levemente inclinada para cima e as abas do nariz tensas (combatia a embriaguez com a mesma tática de sempre: arrancando um pouquinho de serenidade de seu estado confuso e raivoso).

– Se procura um alemão, este é o lugar para encontrá-lo.

Nora não se incomodou em dizer-lhe que estava enganado: ninguém ia dar-lhe as respostas que buscava. Sabia que a Primo Capraro havia sido fechada durante a guerra. Dois anos atrás a comunidade alemã havia aberto as portas de uma nova instituição, embora por precaução o nome da escola e o prédio fossem outros. Perambulou pelos corredores olhando as fotos que pendiam das pareces. As imagens do passado haviam sido selecionadas com cuidado: já não havia suásticas flamejando nas bandeiras e insígnias nem saudações nazistas. Várias instituições similares em diferentes cidades do mundo procediam da mesma forma. Ainda assim os rumores filtravam-se, Nora os conhecia de memória: todo mês de abril festejava-se o aniversário de Hitler numa hospedaria do centro; nos refúgios do Cerro López eram realizadas reuniões nazistas duas vezes por mês; a escola tinha em sua junta diretora vários membros das SS...

Uma fotografia colorida à mão num mural abarrotado de informação a fez parar: o anjo louro de olhos de vidro e feições de porcelana que a fitava com um sorriso de órfã era idêntico à boneca do porco que a trouxera para o Sul. Tinham o mesmo olhar furioso e alucinado. Debaixo havia um número telefônico local e lia-se:

BONECAS COMO AS EUROPEIAS

Segundos depois, as portas das salas abriram-se e o corredor inundou-se de garotos. Muitos falavam alemão. Não eram a maioria, mas Nora só escutou a eles. Como um regente de orquestra, foi silenciando os instrumentos que falavam castelhano até deixar de ouvi-los por completo. Para ela o alemão seria para sempre o idioma do horror; escutá-lo assim provocou-lhe um efeito sinistro. Ao virar a cabeça viu Arko parado a seu lado: ainda com roupa de esquiar, o olhar extraviado pelo álcool e a vertigem da montanha estampados nas faces, eram tão estranhos como dois alienígenas.

Nora percebeu o efeito que suas presenças deviam produzir nos estudantes, que já começavam a rodeá-los.

– Deveríamos ir embora – conseguiu dizer.

Mas era tarde. Uma professora parou diante deles. Por sobre seu ombro Nora viu um preceptor aproximando-se. Havia chegado a hora de representar; não seria a primeira nem a última vez. Sua vida, afinal, era uma simulação.

– Não diga nada – sussurrou para Arko. – Deixe comigo.

Sorriu com a calma de um profissional. Explicou que planejava mudar-se para Bariloche no próximo ano com seu marido e filhos. Estavam procurando casa e colégio com antecedência. A menor tinha sete anos e não via a hora de instalar-se na Patagônia; o mais velho, de dez, havia aceitado mudar-se com a condição de que o deixassem escolher o colégio. Com uma inocência tão genuína que dilatou as pupilas de Arko, perguntou se o colégio aceitava garotos que não fossem alemães. Sabia que a educação germânica era sinônimo de excelência. Sim, claro, queria que lhes mostrassem as instalações. Mas só na próxima viagem, quando viesse com sua família. Não, disse rindo (e seu riso foi o ápice da calidez), o esloveno não era seu marido... Era o seu guia. O preceptor sussurrou algo no ouvido da professora, que de imediato reconheceu o socorrista que mais de uma vez havia salvado alguns de seus alunos perdidos nas excursões à montanha. Arko teria jurado que a estranha que se reinventava diante de seus olhos tinha o olhar vidrado ao descrever o entusiasmo com que sua família esperava a mudança. Não teve dúvida: o que dissera nesses últimos minutos era a verdade. A personagem solitária que inventou as duas horas que passaram juntos era pura ficção. Antes de despedir-se, Nora voltou a olhar o anjo louro que lhe sorria a partir da foto.

– Sabe onde posso encontrar uma dessas bonecas?

– O pai de dois dos nossos alunos as faz.

– Gostaria de levar uma de presente para minha filha.

– Se esperar alguns minutos, eu os apresento – disse a professora.

Virou-se para perguntar ao preceptor, em alemão:

– De que série estão tirando a foto?

– Primeiro ano.

A professora assentiu. Parecia-lhe natural que a mulher não quisesse ir embora de Bariloche sem uma dessas bonecas. Por algum estranho motivo, misto de esnobismo e acaso, começava a ser um símbolo de pertencimento ter uma daquelas bonecas. Ela própria havia encomendado uma a Enzo.

– Tem tempo agora?

– Todo o tempo do mundo – respondeu Nora com um sorriso gelado. – Estou de férias.

Seguiu a professora até o pátio, onde uns trinta alunos esperavam sua vez para tirar a foto anual. Dois preceptores acomodavam o grupo de Lilith em filas simétricas, os mais baixinhos à frente, enquanto um fotógrafo terminava de montar a câmera em um tripé. Um dos garotos segurava um pequeno quadro-negro, em que Nora leu:

Escola Primo Capraro
1960

O fotógrafo tirou duas fotos antes de fazer um sinal ao preceptor para que passassem às fotos individuais. Preparou uma câmera num canto afastado do pátio, debaixo de uma árvore, enquanto o preceptor ia mandando os alunos um por um, do menor ao maior. A professora apontou para Nora uma garota de aspecto diminuto e frágil que caminhava devagar para o fotógrafo, como se cada passo fosse um esforço.

– Ela é a filha do homem que faz as bonecas – disse.

O preceptor aproximou-se da garota e disse-lhe algo que a fez girar para a estranha vestida em traje de esquiar com um sorriso. Segundos depois, aproximou-se tentando disfarçar seu entusiasmo.

– Esta senhora quer comprar uma das bonecas de seu pai.

Nora observou-a sem dissimular: estava pálida e com olheiras. Mesmo sorridente, havia algo sombrio em seu olhar. Convenceu-se de que era ela quem via sombras até nas crianças.

– Vocês as fazem? – perguntou.

– Em minha casa – disse Lilith.

– E as vendem lá?

– Por enquanto.

– Sua família tem uma hospedaria no bairro de Belgrano. Se quiser vê-las, suponho que Arko poderia levá-la até lá...

– É claro.

– Seu pai está em casa, Lilith?

– Sempre.

– Então vão agora. Deixe sua bicicleta no galpão.

– Não vim de bicicleta.

Depois de várias semanas de confinamento, por fim haviam-na deixado voltar ao colégio. Se não sofresse uma recaída, ia mudar-se de volta para a ala direita da casa e conhecer suas irmãs. Por enquanto só as via de longe. Embora vivesse a metros de sua família, sentia como se a tivessem mandado para um exílio longínquo em um país distante (no qual José era o rei). O mundo havia mudado para ela depois daquela última noite da viagem a Trelew. Seu riso já não era um festival de alegria nem era mais preciso calá-la para que deixasse de inventar mundos de fantasia. Mas a enfermidade havia camuflado tudo, ninguém sabia que Lilith era outra. Eva estava convencida de que eram as sequelas da pneumonia em seu sangue que a mantinham apagada e silenciosa.

A uma quadra do colégio, Lilith pediu a Arko que parasse o carro na porta da *pet shop*. Saltou do carro e correu até a loja. Bateu na porta primeiro com o punho esquerdo, depois com o direito e, cinco segundos depois, com ambos. Fazia alguns dias que o dono da *pet shop* recebera a ordem de manter fechada a porta do estabelecimento enquanto José estivesse trabalhando nos fundos; não deixava entrar ninguém que não conhecesse. Fechou a porta atrás de Lilith e ficou olhando os dois estranhos que a esperavam no carro. No assento da frente, Arko olhou Nora de esguelha.

– Quando se mudam?

– Quem?

– Sua família.

– Que família?

Nora nunca se perguntava por que sua garganta ficava bloqueada quando inventava vidas nas quais não estava sozinha. Às vezes fantasiava em dar-se por vencida, mas seguia a próxima pista sem perceber que não tinha para onde voltar.

– Não tenho filhos, não tenho marido, nem sequer tenho um cachorro – disse Nora, o olhar cravado na porta da loja. – Tudo que tenho cabe numa valise. E poderia livrar-me dela sem o menor problema.

– E o que disse ainda há pouco?

– Não acredite em nada que eu lhe diga, Arko.

– Nada? – sussurrou o esloveno, chamando-a.

E ela deve ter ouvido a súplica, porque girou a cabeça para fitá-lo, com um pouquinho de indolência e sem piedade.

– É tudo mentira.

Arko ouviu o arroubo de sinceridade com um sorriso. Sentia uma atração especial pelos que diziam verdades incômodas, e teria jurado que a descrição desses filhos imaginários podia não ser secreta, mas era o único anseio real da estranha que o havia cativado. Não se equivocava: a nostalgia de Nora por essa família que nunca teria era tão imensa que o esloveno teve que abrir a janela para respirar.

No quartinho dos fundos, Lilith encontrou José sentado diante da bancada de trabalho. Preparava um concentrado de leite materno misturado com soro, ferro, hormônio e vitaminas. O leite materno, com a mistura, transformou-se num caldo mais espesso. José colocou-o num frasquinho rotulado com o nome *Alicia*. Guardou-o em uma caixinha com gelo seco na qual já havia outro frasco rotulado com o nome *Berta*.

– Diga a sua mãe que a partir de hoje vamos dar a Alicia doze centímetros. Berta vai continuar com oito.

Lilith assentiu, enquanto abria os botões da blusa à altura do umbigo. Sem pedir licença, José abriu mais um botão e passou um algodão embebido em álcool por cima da pele.

– Vai ter que aprender a fazer isso sozinha – disse em alemão.

Fazia dias que não lhe falava em castelhano, pois sabia que ela entendia seu idioma. Lilith sentiu a agulhada, mas apenas piscou, como se já estivesse acostumada ao ritual.

– Hoje é o batismo – disse, saindo. – Não chegue tarde.

Lá fora os flocos de neve aumentavam, começando a pintar as ruas de branco. Lilith subiu no carro, que de imediato se pôs em marcha. Mais de uma vez o olhar de Nora encontrou-se com o de Lilith no espelho retrovisor. Viu-a esfregando a barriga com a mão mais de uma vez. Com a outra mão segurava os frasquinhos rotulados que levava apoiados nas pernas, cobertos de gelo. Numa reta que bordejava o lago, Nora não suportou mais a curiosidade.

– O que é isso? – perguntou.

– Leite. Para minhas irmãs.

Esfregou a barriga mais uma vez antes de continuar falando:

– Mamãe tira o leite todos os dias e José o prepara.

– Quem é José?

– Um veterinário que mora com a gente.

Nora sentiu um nó na garganta.

Claro que seria capaz de usar seu verdadeiro nome, pensou.

Conhecia de cor a lista interminável de identidades falsas: Friedrich Edler Von Britenbach, Gregorio Grigori, Helmut Gregor, Karl Geuske, Alfredo Mayen, Fritz Fischer, Walter Hasek, Fausto Rindón, Enrique Woleman, José Aspiazi, Lars Ballestroen, Juan Lechin, Ernest Sebastián Alvez... Por que não usaria o verdadeiro? A Argentina havia concedido anistia a todos aqueles que imigraram com nomes falsos. Dezenas de seus colegas haviam recuperado seu nome original. E a ele, até poucos meses atrás, ninguém procurava.

Virou-se para olhar os frasquinhos de leite.

– São gêmeas? – perguntou.

– São. Nasceram prematuras.

– Estão melhores?

– A menorzinha está crescendo mais que a outra.

Lilith voltou a esfregar-se, às vezes a agulhada tornava-se insuportável.

– Está doendo?

– Coça. O que dói são os ossos. Mas é um bom sinal.

– Dor nunca é um bom sinal – disse Nora.

Não lhe perguntou de que sinais falavam, começava a imaginar. Não podia deixar de pensar que ela tinha a mesma idade quando o conheceu (isso era o que acreditava, na verdade tinha era o mesmo tamanho: Lilith já rondava os trezes anos, e José havia começado a brincar com o corpo de Nora muito antes).

Assimilou suas suspeitas em silêncio, os olhos fixos nas mansões do bairro de Belgrano que podia adivinhar por detrás de uma fileira de pinheiros. Sabia que durante anos ninguém havia feito perguntas quando um imigrante novo chegava para instalar-se na cidade. Pelo contrário, receberam-nos de braços abertos: baixaram os preços das casas à venda, conseguiram para eles trabalhos, documentos, associaram-nos a seus clubes, convidaram-nos para suas festas e evitaram perguntar do que fugiam, a menos que estivessem em círculos de absoluta confiança.

Arko parou o carro na porta da hospedaria.

Algo lhe disse que não ia tornar a vê-la, mas mesmo assim arriscou:

– Espero você?

– Não é preciso – disse Nora, apertando-lhe a mão.

Ela desceu do carro e seguiu Lilith até o portão de entrada da hospedaria. Nem sequer se virou para dar um tchau a Arko. Ele teve a sensação de que o álcool não era a única coisa que a fazia proceder assim. Desejaria sacudi-la para dizer-lhe que ainda estava em tempo de ter uma vida. Nesse instante não podia imaginar que dois dias depois iria encontrá-la debaixo da neve, numa fenda da montanha, com os olhos abertos.

13

Quando chegaram à hospedaria, já havia uma dúzia de carros estacionados no final do caminho bordejado de pinheiros, entre duas pequenas montanhas de neve que Tomás amontoara com a pá durante uma hora para dar passagem aos convidados. Nas cercanias do lago uma neblina espessa começava a enredar-se entre as casas e as árvores, devorando tudo. Lilith parou ao ver Cumín sentado ao volante de uma caminhonete velha, com o motor ligado e os faróis acesos. Confirmou que era ele ao ver Yanka aparecer por detrás da cortina de neve que se tornava mais espessa a cada minuto. Nunca havia esquecido aquela troca de bonecas. Nem da experiência de ver uma garota quase da sua idade grávida. Agora, em lugar da barriga, Yanka trazia Herlitzka agarrada pelo pescoço.

– O que fazem aqui? – perguntou Lilith.

– Você tem uma coisa que é nossa.

– Não entendo...

– Wakolda.

– Foi uma troca.

– Vai ter que me devolver – disse Yanka e havia medo em sua voz.

Se continuava viva era porque havia parido antes que Cumín descobrisse Herlitzka enterrada debaixo de sua cama. Haviam levado meses para localizar a família, a única coisa que recordavam era que viajavam para o Sul. Mas a Patagônia era uma geografia demasiado extensa para que esse único detalhe fosse útil. Por alguns instantes Lilith acreditou que a cena fosse parte de seus pesadelos. As bonecas louras haviam enchido todos os cantos do quarto que foi o seu refúgio durante a epidemia. As mais afortunadas dormiam na mesa de cabeceira, as outras enchiam as estantes. Uma noite, ao abrir os olhos em meio à escuridão, viu todas as cabecinhas voltadas em sua direção. Teria jurado que a algumas faltava um braço ou uma perna.

Elas mesmas se arrancam um pedaço, pensou.

Sabia que as já terminadas se iam, mas não queriam deixá-la. Convenceu-se de que eram as bonecas – e não ela – que não tinham paz. No dia anterior, quando começou a preparar suas coisas para mudar-se de volta para o outro lado da casa, soube que algo de seu ficava para sempre naquele quarto (também haviam arrancado um pedaço dela). Enzo aceitou deixar suas bonecas no quarto de José, alinhadas lado a lado em duas estantes. O alemão convencera-o de que não era necessário conseguir um local na cidade.

– Quanto mais secretas, melhor – disse.

A única boneca que não inspirava medo em Lilith, mais mestiça que nunca em meio a tanta pureza ariana, era Wakolda. Uma noite abraçou-a com tanta força que sentiu algo no seu ventre. Confusa pela febre, disse a José que a boneca mapuche escondia algo dentro... Estava grávida, que nem sua primeira dona. Fez José apoiar a mão sobre o tecido inchado e esfarrapado.

– Está sentindo? – sussurrou.

E o alemão devia ter sentido algo, porque ao amanhecer Wakolda tinha uma sutura precária e provisória no estômago. Lilith olhou os pontos com o cenho franzido...

– Quem o fez? – perguntou ao médico alemão quando ele passou para vê-la.

José limitou-se a sorrir.

Secou-lhe a fronte com um pano úmido e sussurrou-lhe ao ouvido:

– Sua amiga não sabe com que a presenteou.

Sim... sabem, pensou Lilith, enquanto caminhava de volta à casa.

Prometeu ir buscá-la e voltar.

– Se você não a trouxer de volta, nós mesmos vamos buscá-la – disse Yanka.

E a deixou ir.

Foi a curiosidade para ver se as bonecas eram tão perfeitas como se comentava que arrancou umas trinta pessoas de seus lares em meio à nevasca mais feroz do inverno para ir à festa de batizado das gêmeas. Pelas janelas, Nora viu um grupo de pessoas reunidas ao redor de um padre que orava, segurando uma das prematuras. Eva estava parada ao seu lado, feliz apesar do esgotamento. Segurava a mais débil de suas filhas, pronta para ser benzida. Nenhum dos presentes imaginava a luta que essa bebê enfrentava para manter-se viva. Nora olhou intrigada para Lilith: não parecia ter a menor pressa em entrar na casa, embora a cerimônia já estivesse terminando.

– Você não deveria estar lá dentro?

– Não me deixam.

– Não a deixam entrar na sua casa?

Lilith deu de ombros com a resignação de um adulto. Em seus meses de quarentena havia se acostumado a olhar a vida pela janela.

– Tive pneumonia... Não me deixam chegar perto de minhas irmãs.

– Até quando?

– Até terem certeza de que me curei.

Ainda conservava uma tosse encatarrada que fazia recuar os que estavam perto. Longe de incomodá-la, funcionava como um escudo invisível: se queria manter alguém à distância, bastava começar a tossir.

– Você é batizada? – perguntou.

Para Nora não pareceu o momento nem o lugar para explicar-lhe qual era sua relação com Deus depois de ter crescido em um campo de concentração.

– Não.

– Eu também não.

– Por que você não e elas sim?

– Meus pais eram ateus quando eu era pequena.

– E agora?

– Agora quem não quer sou eu.

Nora sorriu. A raiva de sua pequena anfitriã recordava-lhe como era ela mesma na sua idade. Lá dentro, o padre colocou as gêmeas na água benta. A mais frágil das duas queixou-se com muito mais suavidade que sua irmã, porque seus pulmões ainda eram fracos. Lilith não tinha dúvidas: que continuassem ali era um milagre que nada tinha a ver com Deus. Nora tampouco tinha pressa de entrar. Percorreu com o olhar o rosto de cada um dos convidados, perguntando a si mesma se o reconheceria debaixo de tantas barbas e bigodes.

Os faróis do Chevrolet recortaram as silhuetas de ambas.

Eram apenas cinco da tarde, mas o céu – fechado e cinzento pela nevasca – havia escurecido durante os últimos minutos. Lilith reconheceu o carro de José antes que apagasse os faróis e desligasse o motor a poucos metros de distância. Não fazia ideia de que quem caminhava com passo vacilante a seu lado tivera sua infância triturada pelo mesmo homem quando tinha quase a sua idade. Segundos depois, viram-no atravessar o manto branco que os rodeava com seu traje e chapéu pretos.

– Enfim chegou – disse.

Nora soube que era ele a duzentos metros de distância.

Não sabia que recordava tantos detalhes... Continuava impecavelmente elegante, com seu andar aristocrático e essa estranha mescla de condescendência e ferocidade doentia que lhe dera o poder de decidir durante anos quem iria viver ou morrer. Milhares de vezes imaginara como seria o reencontro, mas em suas fantasias jamais foi assim: intranscendente e veloz. Agora que por fim o tinha diante de si, a única coisa que podia sentir era terror.

– Já começou? – perguntou, sem cumprimentá-las.

– Terminou – respondeu Lilith.

José abriu a porta principal e deixou-as passar.

No *hall* de entrada tirou o sobretudo e o chapéu. Nora fitou-o nos olhos pela primeira vez. Não havia feito nada para mudar seu aspecto. Não usava barba nem bigode, não havia se operado como tantos outros, nem sequer havia envelhecido. Mal pôde sustentar-lhe o olhar e dissimular o tremor de sua mão quando Lilith os apresentou. José não se detivera a olhá-la, mas farejou que a mulher estava à beira do pânico.

– Está de passagem? – perguntou, embora soubesse a resposta.

– Ela quer comprar uma boneca – disse Lilith.

– Posso perguntar para quem?

– Para minha filha – disse Nora.

A que teria tido se não o conhecesse, pensou.

José demorou alguns segundos para responder, como se estivesse escutando cada um de seus pensamentos. Ele a conhecia, não tinha dúvidas. Tirou um molho de chaves do bolso e entregou-o a Lilith.

– Você as mostra para ela?

Saudou Nora com um gesto de cabeça.

– Com licença.

Embora não pudesse reconhecer a menina que se escondia no passado dessa mulher, José soube que um dos tantos caça-fortunas que vasculhavam a Argentina a sua procura por fim o tinha encontrado.

E não estava só.

Ao sair da *pet shop*, um Ford estacionado na esquina havia chamado sua atenção. Devido à névoa, não conseguiu ver quantos havia lá dentro. Mas soube imediatamente quem eram e que vinham buscá-lo. Numa curva do caminho, a poucos quilômetros de Bariloche, o Ford começou a segui-lo a uma distância prudente.

José não tentou escapar.

Fazia dias que nevava todas as tardes. Junto com a neve levantava-se o vento; o efeito era uma nuvem branca e nevoenta que forçava os carros a moverem-se em câmera lenta, com os faróis acesos e pisca-alerta ligado. Pisar no acelerador em um caminho de montanha era um suicídio, e ele tinha um método muito mais rápido e indolor. Tirou a pastilha do bolso e guardou-a na palma da mão.

Quem disse que não ia ser assim?, pensou.

O Ford aproximou-se como um tubarão que se prepara para o ataque.

Por que seria melhor morrer de velho?

Seguiram-no até a porta da hospedaria, mas não cruzaram o portão. Pelo retrovisor, José viu que o carro se deteve no umbral do terreno.

Pelo prazer de ter enganado a todos, respondeu a si mesmo. *Porque um crime bem feito é aquele que não tem castigo.*

Soube que era questão de minutos.

Desligou o motor e ficou quieto, para escutar o silêncio da montanha por alguns segundos. Preparou a Colt e desceu do carro.

Já devia haver vários carros patrulhando a área. Incitado pela caçada que estava prestes a começar, afastou-se do carro e caminhou até a casa. Ao saudar Nora, entendeu que esperavam a confirmação de sua identidade para ir buscá-lo. Havia chegado o momento de evaporar-se, mas ia fazê-lo ao seu estilo: com absoluta prolixidade. No interior da casa, José abriu caminho entre as pessoas que trocavam sorrisos e apertos de mão. Fazia tempo que deixara de ser um forasteiro. Todos o haviam aceitado: os que sabiam quem era, os que o intuíam e os que viviam sem culpa uma existência cega. Parou para dizer algo a dois homens, que de imediato deixaram a sala. Sem a menor pressa, tirou do bolso um punhado de caramelos para um grupinho de meninos que se aproximaram correndo. Até o padre cedeu-lhe um lugar a seu lado antes de benzer as gêmeas que Deus e a medicina haviam arrancado da morte. Nora tentou deter uma catarata de lembranças esquecidas, todas igualmente traumáticas e sepultadas...

Recordou que os menorzinhos chamavam-no de *Uncle* Pepi.

Trazia-lhes doces, brinquedos, e depois os levava pessoalmente à câmara de gás. Fazia anos que não pensava em Ina e Guido, dois gêmeos romenos. Costurou-os costas com costas, querendo criar irmãos siameses. As feridas infectaram. Uma noite gritaram de dor durante horas. Até que sua mãe roubou um pouco de morfina e matou-os, para poupá-los de mais sofrimento.

– Oremos – disse o padre.

Ao seu redor os convidados puseram-se de pé.

José inclinou a cabeça até o solo e fechou os olhos.

A imagem das gêmeas imersas em água benta diante dos olhos de José foi demais para Nora, que mal pôde conter a náusea. Sentiu a mão de Lilith na sua. Seguiu-a até a parte da casa reservada para os hóspedes. Durante anos havia especulado o que ia fazer quando o encontrasse. A única variável em que não havia pensado foi a de não poder controlar as emoções. Muito menos essa viagem no tempo que a havia depositado de novo na sala de experimentos, uma entre tantas outras adolescentes que esperavam sua vez como cobaias para serem inoculadas com malária, icterícia e tifo, para testes de congelamento, infecção de feridas, gangrena, tétano, amputações, envenenamentos, queimaduras...

Lilith parou diante de uma porta fechada.

Tinha várias marcas entalhadas no batente com o punhal de José.

– E isto? – perguntou Nora, embora já imaginasse.

– Minha altura.

Lilith apontou a primeira marca.

– Essa era eu uns meses atrás...

Lá dentro, as bonecas arianas estavam acomodadas em todas as estantes. O quarto havia-se transformado num santuário. Nora perambulou sem tocar em nada. Olhou a cama em que José havia dormido nos últimos meses, com vista para o lago Nahuel Huapi.

– Quanto tempo faz que abriram a hospedaria?

– No verão. José foi o primeiro hóspede... Ele diz que nos trouxe sorte.

Lilith agarrou uma das bonecas e moveu uma alavanquinha que havia na nuca para que seguisse Nora com seus olhos de vidro.

– Têm uma alavanquinha aqui atrás... Vê?

A boneca fitou Nora, inexpressiva.

– Escolha a que quiser.

– Me dão um pouco de medo.

– Medo? São apenas bebês...

– Não têm olhos de bebês. Nenhum bebê pode olhar assim...

– Assim como?

– Como você.

Antes de passar pelas mãos de José, Nora desmaiava cada vez que via sangue. Não tinha nenhuma tolerância à dor. Seu irmão maior repetia-lhe que para vencer no mundo era preciso ser forte. No final ele resistira menos do que ela.

– Eu olhava igual na sua idade.

No armário viu umas poucas mudas de roupa, camisas, uma valise... Por isso ele nunca deixava rastros, viajava praticamente com a roupa do corpo. Parou em frente a três bonecas que estavam em uma estante afastada do resto, com diminutos vestidos inspirados nos uniformes do Terceiro Reich. Uma delas tinha um brilho especialmente malicioso nas suas pupilas e duas tranças perfeitas.

– Vou levar esta – disse, agarrando-a.

– São as mais caras. Têm roupa feita sob medida e cabelo de verdade. Nem sequer sei se ele as vende...

– Pergunte a ele – disse Nora, enquanto sacava do bolso uma câmera Minox. – Posso?

Sem esperar permissão, tirou duas fotos das bonecas e do quarto. Ao voltar-se viu que Lilith a observava da porta, séria, com o olhar de uma adulta.

– Você tem que vir comigo – disse.

Fechou a porta com a chave antes de conduzi-la de volta à sala de estar. O clima era festivo: alguém pusera música e uns poucos afoitos já dançavam, provocando os mais tímidos. Nora sabia o que tinha de fazer: vira um telefone na saleta que dava para o *hall* de entrada. Viu José conversando com Lilith em um canto afastado. Segundos depois, o médico alemão abria caminho até Nora com duas taças de champanhe.

– Tome – disse, com um sorriso de galã.

– Não deveria... Tenho que dirigir até meu hotel.

– Estou certo de que alguém pode levá-la. Se tem algo que sobra aqui é solidariedade... E hoje é uma noite para festejar.

Nora não teve outro jeito senão aceitar.

– Venha – disse o alemão.

Sem esperar resposta, agarrou sua cintura para tirá-la para dançar.

– Você escolheu uma de minhas bonecas favoritas.

Teve que falar-lhe no ouvido para que ela o escutasse acima da música. O contato da sua pele com a de José produziu-lhe uma onda de emoções nas quais havia tudo (enredada em meio ao asco, medo e raiva reconheceu a mesma excitação que ele lhe provocara nas primeiras noites que passaram juntos).

– Sabe que têm cabelo de verdade?

– Não as toquei – disse Nora.

Estreitou seu corpo um pouco mais, a mão espalmada bem em cima do cóccix de Nora.

– Quer dizer que gosta de tirar fotos...

Nora tomou um gole do champanhe.

– Sou fotógrafa – disse, tentando sorrir. – Além de turista.

– E que tipo de fotografia faz?

– De tudo um pouco.

– Forense?

– Como?

– Tirou fotos de mortos alguma vez?

Nora fitou-o em silêncio por um momento.

– Uma só. Em Ushuaia. Cinco alpinistas que se perderam na montanha...

– Diga-me, Eldoc...

– Nora.

– Gosto mais de Eldoc...

– Então eu deveria chamá-lo também pelo sobrenome.

José sorriu: a conversa já era abertamente um duelo.

– Você acha que uma pessoa pode intuir que está vivendo as últimas horas de sua vida?

– Pensa em morrer agora?

– Ainda não. Tenho algumas coisas para fazer.

– Então é a pergunta mais estranha que me faz uma pessoa que acabo de conhecer.

– É uma dessas obsessões que tenho...

José acercou-se ainda um pouco mais, como se fosse uma confissão.

– Cada vez que vejo a foto de um defunto.

– Qual?

– Se no instante em que apertou o disparador...

– Não é uma arma. É uma câmera.

José sorriu, enquanto a fazia girar.

– Mas imagino que esses alpinistas seguiram lutando até o final, mesmo sem qualquer esperança...

Nora tentou apoiar a taça em um móvel, mas errou a pontaria: a taça caiu no chão e estilhaçou-se, sobressaltando vários que dançavam ao redor.

– Não se preocupe – disse José, entretido.

Ela continuou a fitá-lo nos olhos, sem se importar com os olhos dos outros.

– Ninguém sabe que está vivendo suas últimas horas, a menos que algo o tenha condenado... A justiça ou a doença.

José fitou-a mais uns segundo, sem o menor incômodo.

– Vou buscar sua boneca, Nora.

Convencida de que o médico alemão estava vivendo seus últimos momentos de liberdade, Nora deteve uma das galesas que saía da cozinha com uma bandeja repleta de taças de champanhe. Sabia o que tinha de fazer: pedir um telefone, fazer a chamada que todos esperavam havia décadas e confirmar a identidade do homem que a tinha esterilizado aos quinze anos.

14

José pegou a maleta, o sobretudo e o chapéu que havia deixado no *hall* de entrada e subiu as escadas até seu quarto. Lilith foi a única que o seguiu, tão silenciosa quanto sua sombra. No andar de cima não havia ninguém. O silêncio fez com que cada rangido das tábuas de pinho retumbasse contra as paredes. Empurrou a porta do quarto e encontrou-o guardando umas poucas coisas na maleta. Apenas o indispensável: o caderno, papéis, alguns livros... Sabia que tinha pouco tempo.

– Preciso lhe pedir um favor – disse o alemão.

Lilith correu a cortina de encaixe da janela que dava para o portão de entrada e olhou. Entre os flocos de neve e a neblina conseguiu ver a caminhonete em que Cumín e seus filhos esperavam.

– Vão vir uns homens para me buscar.

– Quando?

– Agora, em alguns minutos.

José pegou uma das bonecas arianas e acomodou-a sobre a almofada.

– Traga-os até aqui.

– Por quê?

– Porque estou pedindo.

– E? – perguntou Lilith, furiosa pela impotência de vê-lo partir para sempre.

José levantou-lhe o queixo com a ponta dos dedos, forçando-a a fitá-lo nos olhos.

– E você faria qualquer coisa que eu lhe pedisse.

– Não.

– Ah, não?

Lilith soltou-se com um repelão.

– Não – repetiu.

– Por favor, não se vá – pediu Nora a Eva no mesmo instante, na saleta do primeiro andar.

Ainda tinha o telefone na mão.

Segundos antes Eva conseguira ouvi-la dizer algumas palavras em hebraico a alguém que estava do outro lado da linha. Retrocedeu, mais pelo reflexo de interromper uma conversa alheia do que pelo temor. Fechou a porta da saleta e aproximou-se da estranha. Apoiou a manta em que trazia envolta uma de suas filhas sobre o tampo da escrivaninha e deitou-a em cima. Durante uns segundos trocou a fralda em silêncio. Nora supôs que a dona da casa esperava que ela pedisse desculpas por estar no batizado de suas filhas sem ser convidada. Estava enganada. Com o olhar cravado em sua filha, Eva debatia-se entre perguntar ou não o que intuía havia meses.

– Quem é? – perguntou por fim, sem olhar para ela.

– Meu nome é Nora Eldoc, venho para...

– O homem que mora conosco – interrompeu Eva.

– Quer saber mesmo?

Eva assentiu.

Dois dias depois, Nora não voltaria de uma excursão na montanha. Seu corpo esmagado seria encontrado numa fenda da montanha, perto de um braço do córrego López. A embaixada desmentiu que fosse uma agente israelense, embora tivesse um passaporte diplomático. Segundo o atestado de óbito, a vítima morreu de politraumatismo em 12 de julho de 1960.

Lilith soube o que ia passar desde que o viu sair do quarto com a valise em que transportava de um lado para outro o caderno de anotações, as amostras de sangue de sua família, os hormônios de crescimento com os quais os havia alimentado. Sabia que deveria avisar alguém, mas não o fez. Saiu pela porta lateral que dava para o jardim dos fundos e correu até a caminhonete onde Cumín e seus filhos aguardavam.

As luzes do veículo acenderam-se, iluminando-a.

Respirava pela boca para recuperar o fôlego.

Levantou a mão para mostrar Wakolda, pronta para a troca de reféns. Yanka caminhou até ela com Herlitzka agarrada pelo pescoço.

– Você disse que tinha poderes – começou Lilith. – Que ela ia realizar meus desejos.

– Me dê ela.

– Não realizou nenhum.

– Eu menti.

– O que tinha dentro?

O verbo no passado disparou o primeiro alarme.

Só então Yanka olhou para Wakolda e viu a sutura no corpo de pano. Tirou-lhe a boneca das mãos e abriu com um puxão: um punhado de olhos de vidro turquesa esparramou-se sobre a neve. A imagem foi tão violenta que Lilith se agachou para pegar Wakolda, coberta de neve e com o ventre vazio. Yanka girou até o carro. De imediato, Lemún e Nahuel saltaram.

– Onde está? – perguntou Yanka.

Lilith não respondeu.

O motor do hidroavião a fez girar nos calcanhares e sair em disparada em direção ao lago. Yanka e seus irmãos seguiram-na de perto, e a teriam alcançado se Lilith não conhecesse o terreno de memória. Desviou-se de cada galho, cada tronco e cada pedra, contando os segundos que restavam para a decolagem. De Wakolda, pelo contrário, os espinhos do caminho foram arrancando pedaços. Quando chegaram ao lago, a boneca estava esfarrapada. À beira do cais, Lilith caiu de joelhos para bloquear o impulso que a teria arremessado até a água. Os filhos de Cumín pararam a poucos metros de distância, tão agitados quanto ela. Ergueram a vista ao ver o hidroavião sair da casa vizinha.

Soube que ele a estava olhando nesse mesmo instante.

E que sorria.

Antes de ir embora tinha acomodado a boneca de olhos maliciosos sobre a cama em que dormiu durante sete meses.

– Deixe-a aí. Que ninguém a toque.

Não seria a primeira que presenteava: várias foram embarcadas até Buenos Aires, Córdoba e Santa Fé. Chegara inclusive um pedido do Paraguai. No refeitório da pousada encarregaram-se de envolvê-las em papel de seda. Assim, as primeiras dúzias de bonecas arianas não foram parar nas mãos de nenhuma menina. Foram símbolos secretos da resistência nazista no exílio.

– Diga-lhes que as deixei de presente.

Parou Lilith contra o batente da porta. Com o punhal, fez uma última marca de sua altura, vários centímetros acima da primeira.

– Podemos dizer que você é minha obra – disse.

Parou para olhá-la pela última vez... Abraçava Wakolda, desconcertada. Ele sorriu incrédulo: apesar de tudo, sua pequena mascote de circo o queria.

– Logo você vai se esquecer de mim.

O hidroavião levantou voo a cem metros da costa, atravessou a tormenta e desapareceu. Lilith imaginou que do outro lado José se encontrava com um céu azul. *O amor é um ato que não pode se realizar sem um cúmplice*, ele lhe dissera antes de chegar ao *bunker* patagônico do Führer. Só foi entender a frase anos depois. Mas tampouco a esqueceu. Algum dia a certeza de ter sido sua cúmplice ia torturá-la muito mais que todos os seus outros segredos.

Este livro foi composto na tipologia Adobe Garamond Pro, em corpo 11,5/13,5,
e impresso pela Gráfica Nova Letra, em papel offset nacional ld 90 g/m^2
e a capa em papel cartão importado ld 250 g/m^2.